一個人的捉迷藏
都市傳說系列01
笭菁 著

都市傳說1：一個人的捉迷藏

楔子

連著幾天十度以下的低溫，眞是冷死人了，女孩扭開水龍頭，盡情的在蓮蓬頭下淋浴，寒冷的天氣中洗個熱騰騰的熱水澡是最棒的事了。

感受到冰冷的手腳逐漸回溫，女孩愉悅的洗著頭，浴室裡熱氣氤氳，溫暖得讓人捨不得離開。

噗……唰……頭頂上蓮蓬頭的水忽然跟咳嗽一樣間斷，女孩狐疑的仰首，看著出水不穩的狀況，是水壓的緣故嗎？照理說就算全棟都在洗澡，頂多也只是水變小而已，怎麼會一下子大一下收咧？

張開掌心盛接著水，發現到水溫從燒燙的熱水，逐漸轉冷，這讓女孩心生不悅，總不會熱水器沒電了吧？

才想著，頂上的日光燈突然啪——嘰——閃爍了一下。

咦？女孩愣愣的看著電燈的閃爍，彷彿與蓮蓬頭的間歇頻率是同步的……還沒意會過來，啪的一聲，浴室的燈暗了。

「呀！」她直覺性的尖叫，莫名其妙停什麼電！

一個人孤伶伶的站在浴缸裡，蓮蓬頭的水也停了，她將水龍頭都先關上，讓自己適應漆黑的浴室，窗子透進外頭的光，隔壁棟跟他們是不同區，停電時自然不同調，咕噥著爲什麼突然停電！

眼睛適應黑暗後，她小心翼翼的離開浴缸，失去熱水很快便感到冷，抓過門後掛著的浴巾裹上身子，爸媽晚上去參加喜宴了，就只剩下她一個人，頭還沒沖乾淨，要喊人拿個手電筒進來都有問題。

眞討厭！她先用毛巾蓋住頭，就怕出去著涼。

匡啷……外頭突然傳來東西掉落聲，女孩嚇得趕緊掩嘴——有人嗎？她確定門把上的鈕是鎖上的，但浴室只是一般喇叭鎖，用個一元硬幣就能轉開了……怎麼辦？

手機……沒帶在身上，女孩慌張的環顧這兩坪大小的地方，她被困住了！

慌張的躲到門後去，貼著門板仔細聽著外頭的聲音，剛剛掉落的聲音很像是哥堆在地上的ＣＤ架，塑膠殼的聲音很明顯……七……ＣＤ盒在地上拖著，那是被踢到在地上所刮出的聲響，小偷未免也太大膽了，難道是仗著家裡沒人嗎？

怎麼辦怎麼辦？她聽著聲音在外面走動，聲音很輕恨小，幾乎聽不出來，可是卻和著水聲，啪啪啪……走路好像有點吃力，碎步般的走著，不像是大人的足音。

女孩陡然一震，突然想起一個不可能的事！

不會的！她瞪著木門板看，開玩笑……那只不過是傳說，鬧著玩的事，怎麼可能會成眞！

所謂一個人的捉迷藏，明明已經結束了啊！

『在……哪裡？』幽幽的聲音從門外傳來了，『妳躲在哪裡呀……』

那聲音陰森幽遠，低沉沙啞的不男不女，女孩貼在門後牆上發著抖，不可能的、不可能有這樣的事！

那個娃娃……不是已經燒掉了嗎!?

同學因爲清掃而找出來的布娃娃，要丟掉之前做最後的利用，剪開它的身體取出棉花，把米全倒進去，再用紅線縫合，然後就可以跟這個娃娃一起玩捉迷藏……陳舊的、泛黃的，綁著黃色辮子的草帽娃娃，穿著鄉村風格的小圍裙，腳上穿著深紅色的皮革鞋，鞋底稍硬，聽起來就很像……逼近浴室的腳步聲！

不可能！女孩縮著身子，雙手緊緊互絞，她一定想多了！她戰戰兢兢的看著木門，門軸那兒有個非常非常細小的細縫，她掩著嘴悄悄的從那隙縫看，即使知道不能看到什麼，但至少給她看到一雙普通人的腳——現在，她寧願是小偷了！

啪，紅色的小腳出現了，皮革硬底，迷你版的鞋子出現在門軸縫隙裡，女孩全身劇烈的發抖，咬緊牙才不至於讓自己尖叫出聲。

那個泛黃破敗的娃娃，搖搖擺擺的在浴室門口走動著，它的手上，還握著一把水果刀！

女孩咬住了浴巾，連哭泣跟呼吸都不敢，雙腳抖個不停，這不是只是個遊戲嗎？都市傳說不過是傳說而已啊！

娃娃轉過頭背向了她，背後那粗紅線的縫合處顯而易見，她以為已經燒掉的娃娃，可以看見手腳跟部分地方有過燒過的痕跡，她以為娃娃早就成灰了！

娃娃突然一頓，幽幽轉過頭來，她瞪大雙眼從隙縫裡看著娃娃正面，塑膠大眼有一隻破裂了，臉上有著焦黑的痕跡，身上髒污不堪。

噠噠，娃娃搖搖晃晃的往前，女孩下意識的向後，為什麼……為什麼它好像往這裡看過來了！塑膠大眼倏地貼在門軸處，娃娃應該只有一公分長度縫線的小嘴，忽然間咧開了。

『找到妳了！』

不——女孩嚇得趕緊離開門後，她退到了浴缸旁，不知道是天氣寒冷還是因爲那邪惡的娃娃，她開始覺得全身冰冷得叫人打顫，而木門開始傳來刮門的聲響，那是刀尖在木門上劃動的聲音。

『找到妳了……嘿嘿，開門哪……』刀子不停的劃著，『我找到妳了喔，嘻嘻，嘻嘻嘻！』

「走開！」女孩失控的尖叫著，「遊戲已經結束了！早就結束了！」

唰啦唰啦，刀子劃門聲從輕劃變成了戳刺，咚、咚、咚，一下比一下大力，整扇門都在震動，女孩驚慌失措，那只是娃娃，她希望能這樣說服自己，二十公分高而已，它無法開門的……

回身看向窗戶，她可以試著喊叫對吧，窗戶外就是陽台，從陽台尖叫一定可以讓鄰棟的人聽見！

沙沙……當她跨進浴缸裡，打算開窗子時，突然聽見門板的聲音，聲音略微往上，像是有人在門板上爬行，緊接著，那銀色的喇叭鎖開始轉動了。

不不不！女孩二話不說的要打開窗戶，窗戶沒有鐵窗，她一定可以爬出去的！

拉開窗戶，她慌亂的要卸下鐵窗，身後卻突然傳來一聲：喀。

喇叭鎖開了。

女孩背脊發涼，感覺到浴室的門……開了。

咿……凍人刺骨的風吹了進來，她僵硬著身子，緩緩的轉過頭去……門外，什麼都沒有。

半掩的門外是片黑暗，屋子裡沒有光源，因爲一個人的捉迷藏原本就要在黑暗中進行，剛剛那是錯覺嗎？爲什麼娃娃不見了？

電光石火間，手邊的窗子竟倏而關上，女孩根本措手不及，右手差點被夾到而鬆手，腳底打滑整個人摔進了浴缸裡！「哇呀！」

她重重摔進浴缸，聽著窗子紮實關上，像是被人猛力推動一般，上頭的門子還向上扳動，落了鎖。

不不……她慌亂的攀著浴缸邊緣要撐起身子，頭才往外一撇，娃娃的臉赫然近在眼前——它躍上了浴缸邊緣，就在她的手邊！

「哇——救命！」女孩嘶聲尖叫著，「對不起對不起！」

娃娃一如往常恬靜的笑著，歪了歪頭，手上緊緊握著刀子，沒有眼皮不會眨眼，只是這樣望著她。

『我找到妳了喔！換妳當鬼了！』

第一章 都市傳說

認真回想起來，她那天就不該經過海報街的！

「同學，歡迎加入我們話劇社喔！」

「同學，熱舞社需要你喔！喜歡跳舞嗎？要不要來看看？」

「西洋棋社！愛下棋的一定要來看，我們這裡高手雲集！」

無視於兩旁熱絡的叫喚聲，她只是想去買個水煎包，偏偏學校南側的小吃店才有她中意的水煎包，不得不穿過整個校園，還有這熱鬧非凡的社團招生活動。

剛開學，每個社團都卯足了勁想找新生加入，學校規定社團至少要十個人，沒有十個人不是開不成就是準備掰掰，大社團本來就不擔心，不過小社團跟校友會就得火力全開了。

「同學！新生嗎？有加入社團了嗎？」一個男生把傳單塞到她眼前，「加入了也沒關係，一個人最多可以參加三個社團呢！」

視而不見，向左一撇自己找了條路。

「別這樣嘛，好歹看看，也當作給自己一個機會啊！」沒料到左邊突然閃出第二個男生，徹底阻擋她的去路，「我們社團非常特殊喔，加入後妳一定不會後悔的！」

蹙起眉，雙眼緊盯著地板，她根本不想參加任何社團，看著熙來攘往的海報街，旋過腳跟想鑽別的縫隙離開。

「同學，看看！看看！」右手邊這個看起來像高中生的萌系男生把招生單上下拉整，擺在她眼前，「多特別的社團妳說對不對？」

她不耐煩的瞥了眼，都市傳說社？這是什麼莫名其妙的社團，聽都沒聽過，看起來是人很少的那種，所以才攔著她不放。

「借過。」她好不容易吐出兩個字。

「妳要不要先瞭解一下我們社團的宗旨？就擔誤妳一分鐘，一分鐘就好！」男孩染著深褐色的頭髮，看起來很鬆軟，正興高采烈的說著，一邊把她往攤位推去。

「我說……」她想要鑽縫，卻發現兩個男生完全擋路，一點機會都不讓她鑽。「好，一分鐘。」

她邊說，一邊抬起左手腕，計時開始。

「呃……我們……妳還眞的計時啊！」天眞樣的男孩有點無奈，「我們顧名思義就是都市傳說社，專門探討所謂的都市傳說，尋找並驗證它們的存在！」

「嗯。」她點點頭，說完了嗎？她隨手拿過傳單，扭頭就走。

唰地一個人影雙臂開展呈大字型的擋在她面前，雙眼打轉的懇求的眼神，

「求求妳，我們就差一個人了。」

「是啊，妳只要加入，除了第一次大會來參加之外，其他時候不出現都沒關係！」另一位看起來較活潑的黑髮男孩可憐兮兮的從左手邊包抄過來了，「妳看起來就知道是個好人，本社的存亡與否就操之在妳手裡了啊！」

看著眼前兩個男生，眼神眞是誠懇得像博美狗撒嬌時一個樣，她皺著眉瞥向攤位桌上那張社員表，不知道有幾個人是在這種狀況下簽的名。

「以後都不必到？」她重複著，「幽靈社員？」

「第一次大會要來，學校會來檢查！」褐髮男孩雙手合十，她懷疑她再不點頭，他可能會來個土下座也不一定。

唉，重重嘆口氣，簽個名也不必出現，就當作做善事好了！而且下午第一節她有課，要是再不趕快去排水煎包的話，就趕不及上課了。

乾脆的回到桌邊，桌邊坐著一個冷傲的黑髮男生，正沒好氣的托著腮，把A4紙往前推給她。

她大方的寫下資料，就在收筆的那剎那，眼前的男生迫不及待把紙收回，好像怕她隨時會反悔似的！

「十個！」他揚揚紙張，「終於！可以收攤了吧！」

「喔耶！謝天謝地！」男孩衝向她，直接握住她還拿著筆的手，「妳是……馮千靜，妳眞的是救星，我們的社團的救世主……」

馮千靜蹙眉，是有沒有這麼誇張？「我可以走了嗎？」

「噢……」細皮嫩肉的男孩瞇起眼，「我是社長，我叫夏玄允，妳可以叫我夏天，大家都說……」

「沒興趣。」她撇過頭、抽回手、壓低了頭，疾步的往目標物前進……浪費了她十分鐘的時間，要是抵達時錯過出爐時間太久，她就把帳算在什麼傳說社頭上，可惡！

瞧她壓低頭、高聳雙肩的背影，怎麼看都不是個很喜歡跟人交際的人哩！夏玄允好奇的鑽進攤位裡，看著她的社員資料……

「法語系一年A班……馮千靜。」夏玄允直覺性的進行人名聯想，「好像眞的挺文靜的厚？」

「外語學院不是都妹嗎？怎麼有這麼怪的人？」一臉冷淡的毛穎德起身，「都招到人了，可以走了吧？我餓了。」

「好啦好啦，幹嘛這麼急咧？」夏玄允還故作可憐，「再給我一個人的機會，我怕萬一有人跑票……」

毛穎德已然旋身遠離，「再見。」

「噯！」夏玄允焦躁的嚷著，有夠沒人性的啦，只是陪他擺攤有這麼委屈嗎？從小到大他哪次不是都跟著他！差別待遇啦！

「夏天，還要再招人嗎？」國中校友郭岳洋正活力十足的問著。

「嗚，還是洋洋你最好！」夏玄允認眞的點頭，「以防萬一，至少再招一個吧！」

「……不要再叫我洋洋了好不好？很幼稚耶！」郭岳洋抱怨著，「叫岳洋、小郭都帥得多了！」

「好啦！隨便，現在最重要的是——」夏玄允緊握拳頭，抿著唇，「讓社團順利成立！」

「對！」郭岳洋立即拿著傳單往路上走去，「同學！喜歡都市傳說嗎？要不要來參加都市傳說社？」

馮千靜提著便當走出電梯時，看見自個兒住宿的地方大門敞開，外頭擱了兩只大行李箱，這才意識到房東夫妻是今天要出國啊！之前有聽他們在談，但她從沒認眞放在心上過。

大一新生，她因爲阿姨的關係輾轉認識了這對房東夫妻，他們恰巧在學校附近有間房子，有多的空房間，加上房東的女兒與她同齡，也考上同所大學，所以自然歡迎她去住。

如果抽得到宿舍的話，她並不是很想跟人合住，總是有照面的機會，還得打招呼交際，這對她來說應該是非常想避免的事。

「哎，千靜回來啦！」何爸爸已經一副隨時要出發的樣子，「眞是剛好，本來還想留紙條給妳呢！」

「拜託，爸，我在家是要留什麼字條給她啦！」何家瑢拖著身子走出來，「你們快點，不然就要趕不上飛機了。」

一身簡單裝扮的何媽媽才正從房間步出，有點忙亂，「啊，千靜，我們大概去個十天左右，妳跟家瑢就自己來了喔！」

她什麼時候不是自己來？馮千靜點點頭。「玩得愉快！」

何爸爸催促著妻子往外走，兩個女生在門口送大人，在等待電梯上來的時刻，何媽媽瞇起眼盯著自己的女兒，「別趁我們不在亂搞怪喔！」

「媽！」何家瑢沒好氣的唸著。

「千靜，妳可得幫我盯著她。」電梯都到了，何媽媽還在那邊千叮嚀萬囑咐。

馮千靜只是賠著笑容，她只是房客，怎麼可能去干涉其他房客要做什麼？只要不要吵到她，基本上大家就是各自過各自的啊。

終於送走了！何家瑢將鐵門關上，哼著歌轉進屋裡，開始拿起手機傳LINE；馮千靜打開冰箱拿了她買的豆漿送進微波爐裡，等等她就要拿上樓了。

「欸，馮千靜！等等我有朋友會來，要不要一起熱鬧？」何家瑢像是傳完訊息，很愉悅的走到廚房找她。

「朋友？妳真要開趴喔？」馮千靜蹙眉，這豈不是吵翻了？

「也不算啦，就是大家一起來吃飯聚聚啊，拜託！大家都馬一個人住外面，愛怎麼玩就怎麼玩，就我跟爸媽住在一起，綁手綁腳！」言下之意是，難得大人出國，眞是放風的好時機啊！

「我是沒差，才剛開學沒什麼作業，要是太大聲我頂多戴耳機就是了。」馮千靜實話實說，她不介意。

「一起來玩？」何家瑢雙眼亮著。

「再說吧，我在追片子！」馮千靜敷衍著說，好不容易盼到微波爐叮的一聲，趕緊把豆漿拿出來，「我先上樓了。」

「嗯哼！」何家瑢回答得心不在焉，她正翻箱倒篋的把零食搬出來。

何家的房子算大，四十餘坪，四樓五樓都是他們的，四樓設置了木梯，大家都是從四樓出入；四樓有兩房兩廳，一踏進屋裡，右爲客廳左爲廚房，但沒有明顯隔間所以相當寬敞，兩個沙發分別是三人座跟兩人座，三人座的恰好面對電視跟門口，這樣應對也方便。

兩人座那側就是窗戶，與對面的廚房一直線，圖的也是通風。

三人沙發後頭就是樓中樓的木梯，再過去則是餐桌，只是一整面牆面全是酒櫃，包括大門左手一路到廚房也都是櫃子，兩大排櫃子面對面，餐桌被包在中間，一堆酒跟擺飾品，是何爸爸的興趣與嗜好。

再左手邊到底就是廚房了，廚房邊是何家瑢的臥室，再往旁就到了屋子角落的衛浴設備，廁所正對面便是主臥房；每一處都相當寬敞整潔，雖說在五樓還有兩間舒服的空房，不過由於她不習慣睡彈簧床，所以選擇了何家的榻榻米和室屋居住。

和室屋在五樓，一般她都是從樓中樓的樓梯進出，樓上的隔間與樓下不同，隔成倉庫跟兩間客房，一間擱置著，另一間客房裡有書桌跟電腦配備，是馮千靜的書房，而和室屋就位在樓梯上來的十二點鐘方向，一走上來就可以看見，三面紙門一面牆。

當初她選擇住和室何家也沒太大反對，分隔兩樓層，大家倒也自在許多，而且大部分的時間她都窩在客房的書桌那兒，只有睡覺時會回到和室。

那間和室其實還有另一個作用，原本就是佛堂，供奉著神明及祖先牌位，何媽媽擲筊問過是否可以讓她睡在那兒，連續三個聖杯，所以她便得以睡在榻榻米上頭。

基本上，樓上幾乎就是馮千靜的活動範圍，何家要上來時會刻意有些聲響讓她知道，不過她都是緊掩房門，於她沒什麼差別。

走上五樓，她刻意把樓梯上的不鏽鋼門也給關上，希望等等來的人不會太吵。

回身直線看見神壇，禮貌性的雙手合十一拜，就先往左邊的書房去了！一進房間，馮千靜第一件事是把門鎖上，然後將粗框眼鏡摘下，脫下寬鬆的衣服，換上緊身韻律服裝，再把如獅子頭的頭髮梳整紮起。

馮千靜拿過角落的瑜伽墊，俐落的鋪整在地上，再按下音樂播放，先暖身吧！每天的練習可不能間斷，要是假日回去被爸爸考驗沒過的話，她可有苦頭吃了！

「呀——哈哈哈！」

沒留意過了多久，馮千靜聽見樓下誇張的尖笑聲，門都關了兩層還這麼大聲，樓下看來是玩瘋了。

抽過毛巾擦汗，樓下的聲音沒有歇止的狀況，她運動完畢就用餐看影片，沒多久居然有人砰砰砰的上樓來，讓她嚇了一跳。

「馮千靜！」是何家瑢的聲音，她敲著樓梯上的門，「妳有沒有空，可以下來一下嗎？」

何家瑢接著推開門，朝左手邊的書房走來。

「有事嗎？」馮千靜把書房門上的栓子閂上。

「我們想玩遊戲，可是妳一定得下樓耶！拜託！」何家瑢在門外叫嚷著。

什麼遊戲這麼奇怪？「我不想玩啊！」她咕噥著。

「拜託啦！」何家瑢旋身，拖鞋砰砰砰的往樓下走，「快點喔！」

眞煩！馮千靜扯著嘴角，怎麼覺得今天諸事不順的感覺？中午爲了等水煎包結果上課遲到，都是那個什麼社害的，現在好不容易想一個人靜靜又被打攪？

沒辦法！她趕緊換上寬鬆的衣服、放下一頭蓬亂的頭髮，再戴上大大的眼鏡，順道抄過便當，既然都下樓了，可以順便丟個垃圾。

打開書房門時她微怔，和室的燈火通明，榻榻米上還擺了一杯水，是剛剛何家瑢放的嗎？她搞這些事做什麼？

沒想太多，馮千靜逕自下樓，才發現何家瑢叫了好多人來，算一算有五六個人咧。

「我室友，馮千靜，法語系的。」何家瑢趕緊跟大家介紹，「這些都我們班的。」

「嗨！」馮千靜打著招呼，確定看到有人為她的獅子頭跟邋遢樣竊笑。

她不在乎的把便當先拿到廚房扔，再踅回客廳，一群人正圍著何家瑢，看起來相當興奮的樣子。

「馮千靜快來！」何家瑢吆喝著。

「你們要玩什麼？」她皺著眉，「我不會玩遊戲的。」

她挨到茶几邊，發現茶几上擺了一缸米、針線、剪刀跟水，而何家瑢正用剪刀把一個布娃娃的背部剪開。

「不是要妳玩，是等等玩的時候妳不能在樓上。」她身邊的短髮女孩開口，「家裡不能有人！」

嗯？馮千靜聽不懂，「什麼東西？」

「我們要玩捉迷藏啦！」何家瑢一把一把的把棉花從娃娃體內掏出來。

「……捉迷藏？」馮千靜有些錯愕，都什麼年紀了玩捉迷藏啊！「你們這麼多人可以玩，找我做什麼？」

「NO NO NO！玩普通的捉迷藏多沒意思！」一旁金髮的男生搖動食指，「妳有沒有聽過：一個人的捉迷藏？」

沒有。馮千靜在心裡秒回，一個人是要怎麼玩捉迷藏啊？這怎麼可能有人玩？

「有沒有搞錯？一個人就不要玩了吧？」

「妳沒聽過喔？這是很有趣的都市傳說耶！」甜甜的聲音來自於長髮披肩的漂亮女孩，「就跟娃娃玩！」

都市傳說？馮千靜一怔，怎麼今天跟這個名詞眞是有緣啊！

「首先要準備一個有手腳的娃娃，把棉花取出來後，然後再把米跟自己的指甲放進去，充當娃娃的內臟！」何家瑢興奮的說著，「塞滿後再算好長度，剪一條紅線把開口縫起來，一定要紅線，因爲那代表著娃娃的血管，縫完剩下的線也不能剪掉，就繞在娃娃身上找個地方繞繞就好。」

馮千靜聽到這裡就皺眉了，「又是內臟又是血管？這是要把娃娃變人嗎？」

「就是啊！」金髮男生彈指，「不然怎麼玩捉迷藏！」

「繼續繼續！」何家瑢催促著，她已經開始舀著米缸裡的米，往娃娃的身體裡倒了。

「我們已經在浴缸裡放好水了，家瑢要幫娃娃取個名字，然後告訴娃娃自己先當鬼，再把娃娃放進浴缸裡，遊戲就開始了！」另一個清瘦戴眼鏡的男生說得興味盎然，「全部的燈都必須關掉，唯有避難間的燈要通亮，接著將電視打開，從一數到十之後，拿著刀子走到浴室去，對娃娃說：我找到你了——」

他做了個誇張的刀刺動作，嚇了馮千靜一大跳！

「就刺下去，娃娃等於被抓到，換娃娃當鬼！」眼鏡男孩繼續說著，雙眼熠熠有光，「何家瑢就趕緊躲到避難間去，很有趣吧！」

馮千靜眉頭緊蹙，「我聽不出來哪裡有趣啊，這麼多人不能自己玩嗎，爲什麼要搞得娃娃……」

「這是都市傳說耶，馮千靜！有趣點嘛！」何家瑢推了推她，拿指甲剪剪下自己指甲，放進了米堆裡，開始用紅線縫上娃娃。

馮千靜只覺得匪夷所思，這種遊戲怎麼會有人要玩？她聽完只有毛骨悚然的感覺啊！

「避難間是什麼東西？」她提問。

「避難房間，網路上說神壇佛室都行，樓上不是有神壇？」長髮美女優雅的說著。

「所以這就是我必須下樓的原因？」馮千靜抓到癥結點了。

「噯唷，既然我要上樓，就不能說樓上樓下不是同個家啦，可是一個人的捉迷藏不能有別人在嘛！」何家瑢推了她一把，「妳當然得下來，跟她們一樣到門外去等著。」

「對，我們都要待在門外，手機還要保持暢通。」金髮男生搖搖手機，「待命的朋友也是遊戲必備的喔！就是爲了以防出事！」

「沒人覺得這很危險嗎？」馮千靜失聲出口，「既然都硬要躲在神壇、還得有朋友待命救援，就表示會有危險吧！」

「拜託！妳怎麼這麼膽小！只是試試看嘛！很多人都玩過了！」男生們大笑起來，「有的有異狀，但大部分都沒有啊！」

「異狀？」馮千靜一顫身子，有一個就不得了了吧！

「聽說，都馬聽、說，什麼開著的電視會有異象或聲音啦、也有說娃娃最後不在浴室裡，還眞的會走喔……」男孩子們故意裝很恐怖的聲音，「說不定它等等就去找妳了喔……哇！」

突如其來的哇一聲，嚇得馮千靜魂飛魄散，她尖叫出聲，全身雞皮疙瘩都立正站好了！

「嚇人幹嘛！」她拍著胸脯，「……何家瑢，這東西不要玩比較好吧！」

「網路上的東西能信喔！大家也只是以訛傳訛啦，難得有機會玩，妳不要掃興！」何家瑢將娃娃縫合，紅線纏繞上娃娃的身，「完畢！」

「喔喔喔！」現場傳來興奮的驚呼聲，有人推著短髮女孩，「快點！蔡欣好，鹽水跟刀子呢？」

「我剛剛上去時已經把和室的燈都打開，鹽水也擺好了。」何家瑢站起身，看著手裡的娃娃，「向日葵，這是你功成身退的最後一戰囉！」

叫向日葵的娃娃身上的衣服就是向日葵圖案，黃色的辮子、戴著頂草帽，身上是鄉村風格的衣服，一雙腳穿著皮革鞋，是可以行走的娃娃；全身泛黃陳舊，看來應是有段歷史了。

「取名叫向日葵喔？」林宜臻問著。

「它本來就叫向日葵啊，我小時候幫它取的名字。」何家瑢聳了聳肩，「既然都要丟掉了，不如拿來玩。」

其他同學紛紛揹起包包，何家瑢拿著娃娃往浴室去，「大家把東西揹好到外面去等囉！」

馮千靜還想阻止，看著有人把電視打開，何家瑢正一一關上屋子裡的燈，她被林宜臻往門外拉去，一眨眼所有人都退到了門外，嚴格說起來是木門外，鐵門並沒有關，一堆人窩在門前，手上都緊緊握著手機。

「張成明，在這裡就可以了吧？」一群人七嘴八舌。

「可以了啦，象徵性的，家瑢不是還交代不能鎖門！」清瘦的男孩回應著。

基本上，馮千靜覺得這一堆「條件」，都是在告訴人們最好不要玩這個遊戲不是嗎？

「何家瑢開始當鬼囉！何家瑢開始當鬼囉！何家瑢開始當鬼囉！」隔著木門，他們聽見裡頭響亮的聲音。

「開始了！」蔡欣妤壓低了聲音，一瞬間，鴉雀無聲，所有人屏氣凝神！

馮千靜夾在一堆不認識的同儕中，她只覺得度日如年，在何家瑢喊完沒幾秒後就聽見有人跑上二樓的聲音，不一會兒又跑下來，接著又是衝上樓的聲音，聽起來好忙碌。

接下來是一片寂靜，屋子裡除了電視聲外，再沒有什麼動靜，馮千靜雙拳緊握，這氣氛實在詭異極了！

詭異到她覺得寒流來的天氣更冷了！

電視聲放得很大，每個人都緊張的側耳傾聽，節目正在播新聞，門縫底下可以看見電視光的跳動……沙……刹刹，突然間，開始出現雜音！

一股冷風自門縫下傳來，馮千靜倒抽一口氣，屏氣凝神。

只是不知道爲什麼，其他人都沒有發現……大家只是亮著手機，隨時等待狀況似的。

被圍在中間的馮千靜看著四周的人，在手機冷光下，這群人現在看起來也異常詭異啊……

「好久喔……」有人用氣音說著，「怎麼這麼久？」

「才一兩分鐘而已，還好吧？」看吧看吧，大家都覺得度秒如年吧！

但是不安依然擴大，每個人盯著手機，覺得屋子裡實在太過安靜了，是不是需要按門鈴，或是——

唰，木門突然打開，「嘿！」

「哇呀——」驚天動地的尖叫聲立時傳來，站在門外的男男女女不約而同的發出尖叫聲。

這叫聲響徹雲霄，還在樓梯間傳來迴盪，連開門的何家瑢都嚇到了，幾秒後，各層樓的門都開了。

「怎麼回事？發生什麼事了!?」

「四樓的聲音啊，喂！樓下怎麼了!?」

連對門都錯愕的打開木門，這一整棟可是住宅區，不是專供學生租屋的居所，一堆鄰居被這尖叫聲嚇得不知所措，還有人嚷著是不要報警。

「對不起！沒事沒事！」何家瑢忙不迭的衝出去，在樓梯間喊著，「我們在玩，不小心嚇到同學了！」

「玩？玩什麼啊！叫這麼大聲是要嚇死人了喔！」對門的媽媽有點生氣，畢竟任誰聽見這種驚叫聲都會覺得大事不妙。

所有學生只好頻頻道歉，樓上樓下的鄰人們數落教訓一頓後，也終於一一的把門給關上了。

何家瑢吐了吐舌，趕緊溜進屋子裡，其他同學則是有些驚魂未定，卻不知道是被什麼嚇著了。

「都妳啦！」金髮的男生不爽的推了何家瑢一把，「突然開門嚇死人了，結果鬧這麼大的事！」

「嘿……我就故意的啊！」她還一臉得意，「連陳傳翰都嚇到了厚！」

「何家瑢！魂都快嚇飛了！」張成明嚇得臉色蒼白，「啊結果咧？遊戲結束了嗎？」

就見何家瑢點點頭，手往沙發上一指，所有人跟著回頭，赫見身上插著一刀子的娃娃，嚇得急速後退！

「它怎麼在這裡？」林宜臻緊張的拉住何家瑢，「難道它眞的動了？」

「天啊，娃娃眞的從浴缸裡走出來找妳嗎？」

一時間每個人緊張不已，臉色益發難看。

「拜託！你們幹嘛啦，別搞得大家嚇自己！」何家瑢噗哧一聲，「遊戲結束後我把它從浴缸拿出來的啦！」

所有人怔了幾秒，才厚的鬆了一口氣！

「亂七八糟！」陳傳翰又露出一臉無所謂的樣子，就近坐了下來，「害我們還以爲發生什麼事，有夠久的！」

「妳有按照說明結束遊戲嗎？」張成明謹慎的問。

「有啊，拿鹽水潑它，嘴裡也含著鹽水噴它，跟它說遊戲結束了。」何家瑢聳了聳肩，「什麼異狀都沒有啊，我下樓再找它時，它待在浴缸裡都沒動哩。」

「那妳有聽見什麼聲音？我們好像聽到電視有沙沙聲。」林宜臻有些膽怯的問。

「電視……」何家瑢回過身，「我們這裡收訊不是很好，常這樣啊，別想太多——好了，換人！」

她彎身把娃娃拾起，抽起插在上頭的刀子時，馮千靜彷彿看到娃娃皺了眉——像是拔刀時的痛楚，讓娃娃不舒服！

錯覺，一定是錯覺！那個布娃娃就縫著兩顆塑膠大眼睛，哪有可能皺什麼眉！

一群人很快恢復熱鬧的氛圍，嚷著換人玩，何家瑢把紅線給拆掉，米全倒了出來，換下一個人當鬼，得再重複上面的動作：塡米、放自己的指甲、以紅線縫合，然後……

「我不玩了，我不待在家就好對吧？」馮千靜出聲，「我到外面去，順便幫大家買東西好了。」

「馮千靜，怎麼了？」何家瑢聽得出她口吻裡的不耐，「妳怕喔？」

「怕，超怕。」馮千靜沒好氣的看著她，「我認眞的說，這種事還是寧可信其有的好，不要亂來。」

「厚，掃什麼興啦！」男生不爽的嚷嚷，「怕就讓她出去啦，不要在這邊危言聳聽。」

下一個玩的是短髮的蔡欣妤，「我想吃豆花，就麻煩妳……千、千靜對吧！」

馮千靜點了點頭，接著是大家點餐時間，她收集好訂單跟錢之後，便上樓拿過外套要出門，一刻都不想待下去；套上外套看著滿室燈火的和室，眞搞不懂何家瑢的腦子裡到底在想什麼！

她拉好拉鍊下樓，卻突然瞧見木樓梯上有未乾的痕跡。

嗯？她低首看著，那是一小片的水痕，一階兩個，每一階都有……何家瑢進出浴室時拖鞋沾上的嗎？她搔搔頭，只是依照上樓梯方式，應該是一階一個足印啊，這兩片水痕是哪兒來的？又這麼小？

算了，她不想干涉太多，反正進和室得脫鞋，榻榻米上不要有水就好了。

「啊！等等！我再追加一個炸香菇！」都已經穿好鞋在等電梯，木門又開啓，追出來的是蔡欣妤。「拜託！」

「嗯。」馮千靜張手收了錢，她看起來瘦瘦的，吃得可眞多。

電梯門打開，她走進去時，蔡欣妤在門口跟她親切的揮手道別。

那時的她不知道，這眞的是最後的道別。

第二章 血跡斑斑

趁著採買食物，馮千靜用手機上網查了一下「一個人的捉迷藏」這件事，還眞的有這種遊戲，該準備的物品跟玩遊戲的規則寫得清清楚楚，一如何家瑢所做，將娃娃「重新設置」，然後放到浴缸去。

原來一開始是要人當鬼，燈光全暗，留著亮著的電視，數十聲後帶著刀子回到娃娃待的浴室裡，對起名的娃娃喊著名字，並說：「我找到你了」，接著一刀刺下去。

刺完後還得對娃娃說：「ＸＸＸ，換你當鬼了。」再把娃娃放進浴缸裡，自己則要到避難間去躲起來。

這就是在門外的她聽見何家瑢來回上下樓的主因，玩個遊戲這麼忙啊？而在避難間的她也是算個大概的時間，就要喝下之前放在避難間的那杯鹽水，不能吞下只能含在嘴裡，再拿著那杯鹽水，走到浴室對著娃娃潑灑鹽水，口裡的鹽水也得噴向它，代表遊戲結束。

是誰想出這種麻煩的遊戲啊？既然是「捉迷藏」，不就是要找到對方嗎？煞費其事的跟不會走動的娃娃一起玩，從頭到尾忙碌的就只有人類，每次都是人類走到浴室去找人的不是嗎？

而且拿刀刺是哪招？小時候大家玩捉迷藏時，可沒有舉著刀子到處找人的吧？拿刀捅下去才說「找到你囉！」，那娃娃豈不是找到人時也得拿刀刺一下才算數？

簡直莫名其妙！最令人難以理解的，這種東西還有人照著玩？

兩手各拎著一大袋食物，滷味炸雞豆花飲料，馮千靜朝著上坡路走去，這是她的極限了，等等回去她就要鄭重說明她要使用書房，請他們停止這個無聊的遊戲！

雖然遊戲說明應該是半夜三點才開始，但這種遊戲不管幾點玩她都沒興趣！閃爍的紅藍燈自後方照來，刺耳的警笛聲傳來，馮千靜下意識站到路邊閃車，看著一台接著一台警車疾駛而過，筆直往前方去；她突然湧起不安，往前看去，警車似乎聚集在前方定點……

她立刻拔腿往上跑去，上坡繞了一個右彎，看到警車停在他們的社區前，心就涼了一半。

不會吧……她這麼想著，趕緊提拎著東西往裡頭鑽去。

社區內外都擠滿了人，她閃過一重又一重的人穿過花園往D棟去，當看見警察也都往D棟去時，她開始覺得手腳發涼。

「等一下！」眼見電梯快關上，她下意識的衝進去。

滿滿的電梯裡都是警察，「同學，要去幾樓？」

「……四樓。」她緩緩說著，因爲她已經看見樓層鈕唯一亮著的，是警方剛剛按下的四。

「咦？妳四樓的？」身邊的警察蹙眉，「七十三號？」

馮千靜當場腦袋一片空白，差點站不穩當，右手邊的警察連忙扶住她，看來眞的是七十三號的人了！

「發生了什麼事？誰出事了？」她趕緊發問，同時間電梯門開了。「何家瑢——」

馮千靜等不及就衝出去，扶著她的警察趕緊拉住她，不讓她貿然闖入，屋外的警察們驚愕的看著她，沒想到還有一個人從電梯衝出來啊！

何家瑢聽見叫喚，猛然抬起頭來，淚流滿面的望著她，嗚咽得話不成串！她身邊包圍其他同學，都坐在樓梯上，反而叫馮千靜一時反應不過來。

怎麼大家都在啊，是發生什麼事了？看著警方正在門外架上黃色封鎖線，她皺著眉略過門口，走向坐在樓梯上的同學們。

「天哪……」何家瑢站起身，腳有些發軟的搭上她的肩，「怎麼會這樣……」

「是怎麼了?」馮千靜一一梭巡著眼前的人們，咦?少一個人?「那個……蔡欣妤呢?」

長髮的林宜臻顫了一下身子，臉色蒼白的望著她，淚水啪噠的立刻奪眶而出，一旁安慰女孩子們的男生也一併發著抖。

難道……馮千靜立刻把兩袋東西放下，旋身朝門邊奔去，再度被警方攔下。

「同學，不能進去!」

「發生什麼事了?我剛剛去買東西……我要知道到底怎麼——」木門緩緩的被敞開，鑑識小組正在現場拍照蒐證。

馮千靜就站在門口，不可思議的看著客廳的景象。

蔡欣妤躺在血泊當中，一雙瞪直的眼正望著門口，小嘴微張，鮮血染紅了她粉色的毛衣，那把刀子就插在她的心窩，刀尖全然沒入。

血不停的流著，一大灘血枕在她自己身下。

而在蔡欣妤的臉頰旁、血灘裡躺著小小的向日葵，它的腹部開了個口子，米粒滾灑而出，也浸在了鮮血裡。

馮千靜背脊一陣涼意，是誰殺了蔡欣妤?

「不是我們！我們全部都在門外！」何家瑢哭了起來，「大家都可以作證，遊戲時誰都不可以進去的！」

所有人坐在警局裡，幾乎每個人都在低泣，蔡欣妤死亡是鐵錚錚的事實，一把刀不只直插心窩，她的手上都有疑似抵抗的割傷，問題是：大家都在門外的情況下，會是誰殺了她？

「你們怎麼會玩這種遊戲？一個人的捉迷藏？」警方頻頻搖頭，「就眞的讓她一個人在屋裡？」

林宜臻點點頭，「本來就只能她一個人在屋裡，才能叫一個人的捉迷藏啊！啊……我們都待在門外，屋子裡沒有其他人的！」

蔡欣妤第四輪，馮千靜離開後，林宜臻第二棒順利結束、接下來是金毛的陳傳翰，然後就是蔡欣妤了；大家一如往常的都齊聚在門口，屏氣凝神的望著手機，只是這一次很久很久，完全沒有聲音，幾乎到了不正常的地步。

林宜臻原本以爲蔡欣妤想玩那種半小時的，但是豈能讓大家等，所以他們決定按門鈴，竟然沒有人應門，各自撥了蔡欣妤的手機，卻可以聽見手機響起，就在客廳。

最終何家瑢不想再等了，她推開木門，就與躺在血泊中的蔡欣妤四目相對。

「五樓也有進出口，可能是從那邊進屋的。」警方語重心長的說著，「有誰有你們家鑰匙？」

「就只有我們家人，我爸媽都出國了，剩下的就只有……」何家瑢轉向辦公長桌對面的馮千靜，「她跟我們家租房子，就住五樓。」

「我沒有從五樓進出的，而且鐵門內上了閂，除非撬開否則不可能從屋外進來。」馮千靜不急不徐說著，「我那時在幫大家買吃的，很多攤子都可以幫我證明。」

「別急，不是在指控妳什麼……」警官平穩聲明，「這眞的太詭異了，如果屋內都沒有人，好好的女孩怎麼可能會被刀殺死？難道是密室殺人？」

通常他們都不相信密室殺人，總是有人故佈疑陣，老實說，這麼多人在現場，卻全說擠在門口，這種事情很難令人信服；警方默默觀察這幾個學生，雖然每個人都臉色蒼白又發抖，他還是覺得不尋常。

「會不會……」張成明緩緩的說著，「是娃娃殺的？」

「噫——」

此話一出，讓所有人都嚇得起身，鐵椅被推開的聲音此起彼落，何家瑢擱在桌上的手抖個不停，陳傳翰激動的跳了起來，詭異的氣氛瀰漫在這群學生之間，在馮千靜身邊的王警官微瞇起眼，果然不尋常。

「張成明！你在說什麼!?」林宜臻抖著聲音說。

「不然咧！屋子里就只有她跟娃娃啊！」張成明嚷了起來，「這不是捉迷藏嗎？抓到誰誰當鬼，蔡欣妤先找到娃娃，然後就換娃娃找到她了啊！」

「靠，你這意思是說，娃娃爬出浴缸，走出浴室，還拿刀殺了蔡欣妤嗎？」陳傳翰身子緊繃著雙拳緊握，每個字都在打顫，「胡說、胡說八道！」

「找到對方不是要拿刀刺嗎！蔡欣妤也是這樣對娃娃的啊！」張成明失控喊著，「這就是一個人的捉迷藏啊！」

「呀——呀——」何家瑢摀起雙耳，歇斯底里的尖叫起來，「不要說！不要再說了！」

情況頓時失控，何家瑢情緒崩潰般的尖喊著，林宜臻伏桌痛哭，女警趕緊上前安撫，其他男警也將陳傳翰跟張成明分別拉開，所有人都處在一種恐懼的狀態中，面對著同學的無故死亡、密室殺人，還有他們玩的那個遊戲。

很快地，大家都被分開，一人一間的做著筆錄，馮千靜雖是從外面進來，但是前半段她有參與，自然也免不了筆錄；她簡單扼要的交代參與到的狀況，直到第一棒玩完後，她就自願的離開家去買東西了。

王警官負責幫她做筆錄，上次他們見面是一個多月前，王叔叔到他家慶祝她考上大學，爸爸放心學校的轄區有叔叔在坐陣。

「眞搞不懂現在大學生在想什麼！」王警官對這案子相當頭疼，「這麼多人也要玩一個人捉迷藏。」

「我也這麼覺得……聽說這叫『都市傳說』，您可以上網孤狗看看，說穿了他們是在玩一種試膽遊戲。」馮千靜深吸了一口氣，「我勸阻過，只是覺得不要亂玩，但是我沒有想到……會出人命！」

「妳認識其他學生嗎？他們平常的交友狀況如何？」警方下一個方向，果然還是朝向過節殺人。

馮千靜搖了搖頭，「我只認識何家瑢，我跟他們家租屋，就住在五樓，其他人都是第一次見……至少感覺他們還不錯，不然也不會一起來玩。」

「嗯……」王警官用著一指神功，一鍵一鍵的敲著，「在妳離開前，都沒有發現什麼異狀嗎？」

馮千靜搖著頭，搖到一半卻頓住。

這一幕盡收王警官眼底，他身子微微驅前，「怎麼？想到什麼了嗎？」

「有奇怪的水漬。」她回想著在木梯上看到的一幕，「從四樓往五樓的階梯上，每一階兩小片未乾的水漬。」

「嗯？水漬？」

「像是有人腳底或是鞋子是濕的，踩上樓梯留下的印痕。」馮千靜平靜的說著，「我本來認爲是何家瑢的，但是現在越想越不對勁。」

「哪裡不對勁？妳說得越詳細越好。」

「一個台階有兩個印痕，何家瑢上樓梯不可能雙腳都踩在同一個台階上，她腳又沒受傷，我們一般人都不可能……」馮千靜蹙眉，她爲什麼又想到離譜的地方去了，「而且，那個印痕只有一丁點大。」

邊說，她用手比了看見的長度大小……警方拿紙筆遞來，要她在紙上面畫著示意圖，約莫她掌心一半，當馮千靜迅速的勾勒出印象的大小後，她自己都覺得不舒服。

老實說……跟向日葵的腳差不多大。

蔡欣妤的死亡傳遍全校，畢竟才開學第一週，就有學生死於非命，不過目前警方對外只說「疑似」密室殺人，沒有目擊者，卻有一堆朋友在外頭，細節並沒有對外公佈，包括「一個人的捉迷藏」，也沒有出現在媒體上。

何家瑢他們也被要求噤聲，不能對媒體胡亂透露資訊，以免干擾辦案。最近沒什麼大新聞，媒體按照習慣逮到一個新聞就開始大作文章，沒有兩天，蔡欣妤的祖宗八代就都被掀出來了，家裡有幾個人、以前高中時上過什麼社團、老師的訪問都出現，還有近來有沒有追求者，是否會陷入情殺等等。

何家瑢他們被隱藏起來，屬於祕密相關證人，其他細節均不能對外透露。

基本上何家瑢那一掛都同班，是商學院，與馮千靜的外語學校距離遙遠很難連結，她慶幸自己不必受到太多注目禮，少數的人才知道她住在何家，也只是關心八卦的問個兩句，全被她四兩撥千金的撥掉了。

何家爸媽才剛飛抵歐洲，立刻就被這件事CALL回來。馮千靜暫時也不能回去住，學校安排一間空房宿舍給她暫住。

人嚇人真的會嚇死人，現在要她一個人住在那間屋子也會胡思亂想，畢竟客廳死了一個人哪！要說娃娃殺人她很難相信，而且外面四個人連聲尖叫都沒聽見？蔡欣妤身上明明有抵禦傷，怎麼可能不尖叫？

「嗨——」馮千靜坐在學生餐廳裡的角落靜靜吃著飯，面前突然傳來一陣熱情如火的聲音，「小靜！」

噗——馮千靜一口湯全給噴了出來，瞪圓大眼往上瞧著站在桌子對面的男孩，男孩還對她的反應有點錯愕。

她抹了抹嘴，嘖了一聲，「不要亂叫！」

「噯，妳反應好誇張喔！」夏玄允趕緊拿出一包面紙往桌上擦，「不喜歡人家叫妳小靜喔！」

「不喜歡。」斬釘截鐵。

「好，馮同學，我可以跟妳一起用餐嗎？」他嘴上這麼問，人事實上已經坐下來了。

「不可以。」馮千靜回答著沒用處的答案，沒好氣的看著坐定位的夏玄允，他笑得超級天真，天真到她覺得厭煩。

冷不防的，右手邊突然也滑坐下一個人，馮千靜立即跳起，防備式的看著突然坐過來的人！

郭岳洋被她的大動作也給嚇住了，呆愣的半蹲著，他剛剛只差一點點就要坐下了說。

「哇，妳反應好敏捷喔！」夏玄允語調總是很誇張，一堆狀聲詞。

「什麼跟什麼！」她瞪著郭岳洋，「走開，這裡位子這麼多幹嘛非坐在我旁邊？」

「我們是同社的啊！」郭岳洋說得很自然，坐定位子，開始拿出筷子。

還沒來得及開口，一點鐘方向走來端著托盤的毛穎德，那張面無表情又欠揍的臉化成灰馮千靜都認得，就見他先皺眉看向夏玄允的背影、再望向招手的郭岳洋，最後與她四目相對。

「是怎樣？沒位子可以坐了嗎？」他不耐煩的問著。

說得好！馮千靜投以讚賞的眼光，桌子這麼多，趕快去別的地方坐吧，不必跟她擠小小的四人座位。

「欸，社員耶！」夏玄允回首，爲毛穎德拉開椅子，「快點坐下來，關心關心人家。」

「關心什麼！我不需要。」馮千靜動手拿起托盤，「說好我是幽靈社員的，你們不走，我走。」

「欸欸，妳家出了事，好歹同社應該是要關心一下的吧！」夏玄允趕緊壓住她的手，不讓她離開。

咦？馮千靜愣住了，爲什麼這個笑得跟白痴一樣的傢伙會知道她家出事了？毛穎德坐了下來，正眼不瞧她一眼的拿起筷子就開始吃炒麵，郭岳洋催促著她坐下，不知怎地，她因爲好奇心坐了下來。

「會計系的事喔？」毛穎德也順著問，「莫名其妙死了一個女生。」

「對啊好可怕，聽說一刀插進心臟！」夏玄允望向馮千靜，「妳在場嗎？」

馮千靜搖了搖頭，「我不在，我去買東西……你爲什麼知道我跟這個案子有關？」

「妳不是住在那裡嗎？」夏玄允微笑著，「學校特地幫妳安排了房間暫住，這太明顯了。」

「半夜安排的，女生宿舍，請問你怎麼會知道？」馮千靜不客氣的問著。

「開玩笑，我們眼線很多的呢！」夏玄允鄭重的直起身子，比向隔壁的毛穎德，「女生宿舍，有女生消息就會傳出來啊！她們都會很快地跟他報告。」

嘖，搞半天是有線民在宿舍嗎！這麼剛好還被瞧見，她以爲是神不知鬼不覺，那天搬進去時，她帶的東西也不多，應該很低調啊！

「不要一臉好像什麼大事的模樣，天底下哪有什麼祕密！」毛穎德挑了眉，「就像這個命案一樣，聽說是犯了什麼禁忌，玩什麼碟仙是吧？」

碟仙？外面現在傳成碟仙了喔？真是會傳，流言總是最會扭曲事實！她挑挑嘴角，繼續吃著她的咖哩飯，懶得回答。

「看來不是碟仙了，她眼神透露出不屑。」毛穎德笑了起來，「眞好抓！」

馮千靜擰眉，靠！剛剛是套話嗎？「煩，不要問，我們什麼都不能說的。」

「知道，會計系那票也是醬子啊！」夏玄允幾乎都要趴在桌上，湊近的望著她，「就透露一點點就好，有傳言說……他們是玩都市傳說——」

馮千靜這次力持鎮靜的與夏玄允對視，那天眞澄澈到近乎白痴的雙眸，她眞想戳下去。

「認眞說，警方告訴我們，一個字都不能對外透露。」她一字一字的回應著。

「眞小氣！」右邊的郭岳洋無奈的說，「害我還興奮一下。」

「這種事有什麼好興奮的，人命耶！」馮千靜立刻反駁。

「那又怎樣！」毛穎德接口接得從容，「又不是我們殺的！如果眞是玩試膽，那我只能說咎由自取。」

啪！馮千靜重重放下湯匙，這傢伙說話非常刺耳，她銳利的眸子瞪向毛穎德，居然有人會說這種風涼話！

「你有沒有搞錯！一個十八歲的女生死於非命，你意思是她活該嗎？」馮千靜壓抑著怒氣問著。

「不然呢？要怪誰？」毛穎德索性也放下筷子與之對望，「假設他們眞的是因爲刻意觸犯到禁忌而身故，不是外力所殺，除了活該外我找不到可以歸咎的人。」

冷血！馮千靜在心裡低咒著，但是現在跟他回嗆只怕會抖出更多實情，她甚至懷疑毛穎德是否故意激怒她……深吸了一口氣後，她端起托盤，決定閃人。

「欸……小靜！」夏玄允竟起身拉住她，「我跟妳說，回家後小心一點喔！」

馮千靜瞪大了眼回首，「什麼意思？」

「妳有沒有護身符？還是家裡有沒有佛像之類的？盡可能待在那邊，以防萬一！」夏玄允說得煞有其事，「就怕萬一他們玩了什麼不該玩的東西，那東西沒走就不好了。」

「滾開啦你！」馮千靜甩開夏玄允，順道推了他一把，有完沒完呀！幹嘛說這些來嚇人！

夏玄允節節後退踉蹌，若不是毛穎德及時站起來從後方抵住他，就怕他會在學生餐廳跌個狗吃屎了！

「搞什麼？她力氣怎這麼大？」穩住夏玄允的毛穎德立刻就發現了。

「哇……」夏玄允撫著胸口，「超痛的，她力氣眞的很大！」

「動作感覺也很敏捷，跟看起來的樣子差很多……」毛穎德看著馮千靜的背影，「怎麼，你看出來什麼了嗎？」

「反正話都說了，多少有作用。」夏玄允揚起笑容，愉悅的坐回位子，「如果眞的是都市傳說就好了！」

「對呀……」斜對面的郭岳洋深表贊同。

「神經病。」毛穎德沒好氣的說著，「我看就是個殺人案件，兇手厲害點而已，警方找個柯南來就解決了。」

「欸，夏天，你覺得如果是都市傳說，會是哪個啊？」郭岳洋很明顯的沒在理毛穎德，逕自積極的問著夏玄允。

「嘿。」夏玄允果然一掛，一雙眼陶醉得很，還一臉名偵探的模樣，「我覺得啊，可能是『一人捉迷藏』！」

第三章 夜半訪客

她想掐死夏玄允。

馮千靜刷完牙回到五樓時，認眞的這麼想著。

事發已經過十天，現場開放，屋主得以回到原來的屋子，雖然客廳的人字型已經被洗掉，但大家心裡依然有個疙瘩；因此何氏夫妻回到都市的屋子去住，何家瑢暫住到林宜臻的租屋處去，唯獨她，一個人回到這空蕩蕩還發生過命案的屋子。

她是瘋了嗎？有宿舍不待住回來做什麼？

重點當然是因爲床很難睡，還有生活用品都在這裡，畢竟學校宿舍只是暫住，這兒才是她的住所啊！當然她萬萬沒有想到，何家瑢一家全部都沒回來，就剩她一個人。

她原本已經做好心理準備，反正她光明磊落，不需要太過畏懼這種事！但是夏玄允的話偏偏此時在腦海裡響起，眞希望用卍字固定讓他以後再也不敢胡說八道！

哼！沒事的！馮千靜進了和室，把紙門一一關上，做人就是要正大光明，行得正就不怕那些有的沒的，雖說蔡欣妤不幸身故在四樓，但既不是她殺的，她沒有道理恐懼。

眞有什麼傳說，蔡欣妤應該也是在四樓遊盪，不至於這麼費力的爬到五樓來找她夜聊吧？

馮千靜鋪好被子，打坐調息，讓自己拋開俗念，靜心……什麼都不要亂想，日子還是要過下去的。

「喝！」她中氣十足的大喝一聲，滿意的勾起微笑。

喔，難得現在全部都沒人在，她才有機會可以這樣大聲喝……等等，如果他們都不回來的話，她就可以盡情的在客廳練習了嗎？喔喔喔！這眞是太好了！人生，果然要轉念的啊！

跪坐著旋轉面向神壇，禮貌性的拜了一拜，她愉快地關上燈，安穩的躺了下來。

在樓梯上不鏽鋼門旁的牆上有盞小燈，讓紙門看起來微黃，那是以防她半夜要去上廁所會跌倒才點的燈，尤其和室高於平地有階十公分的落差，還是得留意；馮千靜戴上眼罩，唯有全黑才能徹底的進入深層睡眠。

這時的她，已經忘記夏玄允之前灌輸的話語，她因著可以一個人住一層而感到欣喜莫名，帶著非常愉快的心情進入夢鄉。

明天來練刺拳，喝——左勾、右勾……馮千靜意識漸遠，耳邊只剩下秒針的滴答滴答，滴答——滴答——

噠噠……噠噠噠噠……咿——

嗯？馮千靜微蹙了眉，懶洋洋的翻身，被子捲得更緊，眼罩已經不知道何時上移到額頭，她把頭埋進被子裡，意識混沌不明。

噠噠，喀。

馮千靜睡眼惺忪的睜開眼，怎麼好像有什麼聲音？她疲憊得眼睛睜不開，再度翻回正面，皺著眉把眼罩取下，瞥一眼枕頭上方的小鬧鐘，三點半……她正好睡咧。

噠……噠噠……馮千靜正要拿過枕旁水壺的手僵住了，外面真的有聲音！

她緩緩鬆手，悄悄的把鬧鐘拿起扔進被子裡，不讓秒針的滴答聲影響到她的聽覺，剛剛外頭真的有動靜。

深夜的五樓，靜得連一根針落地都能發出聲響，馮千靜曲起雙腳，把鼻子埋進被子裡，降低呼吸音量，聽著外頭傳來細微的噠、噠、噠、噠。

不是錯覺！馮千靜瞬間都清醒了，她動作不敢太大，回身尋找著任何可以防身的武器，哪怕只是棍棒都行。

噠、噠、噠、噠，這聲音並不規律，由遠而近，她可以聽得出來，很靠近她了！到底會是什麼？小偷嗎？那聲音很像有人在輕微擊掌一樣，不，更小聲！

她擰起眉心瞪著聲音的來源，在右前方……漸往紙門的方向移動，很好……馮千靜期待著對方走過來，因爲大門邊牆上的夜燈就足以照出這夜襲傢伙的眞面目！

可別忘了，紙門裡爲黑，外面是亮的，什麼動靜她都可以瞧得一清二楚！手裡緊握著鬧鐘，她已經決定不管誰拉開紙門，就要有鼻骨骨折的心理準備！哼！

來人從暗處轉明，首先映在紙門上的，是一把尖銳的刀子！馮千靜暗自倒抽一口氣，看著那柄代表危險的水果刀，她必須再更謹愼一些……神桌上一定還有東西可以用！

這麼想著，她準備起身到神桌上尋找可以防禦的東西，卻突然愣住了。

龐然大物映在紙門上，那是個細長扁平的東西，就像一把尺般，細細一條，只是這把尺有隻手握著刀子，還有一雙腳正在蹣跚步行！噠、噠，那影像不穩的走動著，馮千靜明白了這聲音是腳步聲！

可是，這是什麼東西!?她緊揪著被子，看著持刀的「尺」緩緩轉動了……從細長的一條影子，漸而轉成一個又大又圓的頭，沒有頸子，有著身體……看起來像穿著裙子，不長的手，沒有執刀的那隻手甚至沒有手指頭！

天哪！馮千靜瞪大雙眼，這、這模樣是不是很熟？再看那頭上有個明顯的帽子形狀、沒有指頭的手、鄉村風的裙子、微小的足音、不穩的步伐——那個娃娃！

娃娃彷彿聽見她內心的吶喊，居然面對著紙門動也不動，彷彿透過紙門那頭也在望著她似的，現在整個娃娃像一百九十公分的巨人，但馮千靜知道那是光源的關係，它其實是個小小的洋娃娃……但是，它拿著刀子。

噠……娃娃不穩的向前了，馮千靜不敢輕舉妄動，屏氣凝神，看著娃娃越來越近，越來越近，幾乎就在紙門外了。

它伸出左手，明顯的就是布娃娃的手掌，姆指與其他圓形的掌分開，要推開紙門嗎？馮千靜緊握著拳頭，她準備好了，不管是什麼東西，她都蓄勢待發，來啊！

那圓圓的手掌停下了，沒有往前開門，彷彿顧忌著什麼似的……緊接著那身影再度右轉，又呈現那沒有五官沒有凹凸的側面，高舉著刀子，又開始噠噠的走起路來。

『在……哪裡呢？』陰森的聲音終於傳來，馮千靜發誓她只在特效片中聽過

這種自動產生迴音的聲音！

噠、噠、噠、噠，它不穩的走著，先是左腳，再來是右腳，馮千靜聯想著那天在木樓梯上留下的痕跡，如果是娃娃……的確需要兩隻腳同時都踩上梯子，不可能跟人類一樣健步如飛——不！這不是重點，重點是娃娃怎麼會走路、怎麼會說話！

『躲到哪……裡去了？』娃娃沿著紙門繞著，『科科，會找到妳的，找到妳……嘻嘻就換妳當鬼喔！』

馮千靜跟著娃娃的行動向左看去，娃娃吃力的走著，一步一步的移動，直到轉個彎來到她左側的紙門時，因爲光源的關係，娃娃瞬間打回原形，變成一般的大小。

天哪！這麼迷你，那娃娃眞的就小小的一隻！

溫度很冷，馮千靜甚至不知道是單純的冬日寒流，還是這娃娃帶來的，她滿腦子都在天人交戰，娃娃不該會走不該會說話，這或許是夢，但是她現在沒有勇氣捏自己一把或是去撞牆，以證明這不是夢。

還有，這個娃娃爲什麼在這裡？那天的娃娃應該被當作證物收起來了吧？它回到這裡，取過刀子，還在繼續玩捉迷藏嗎？

問題是，她沒有玩啊！

娃娃在紙門外徘徊著，一步步艱辛的走著，走到馮千靜的右手邊、再度折返，不知道它什麼時候才會放棄這間和室？

好不容易，娃娃身形終於漸遠，它朝著門走過去了，一步、兩步，馮千靜鬆了口氣，吐出的氣化成白煙，這才發現自己凍到手指都已冰冷。

可一抬首，發現娃娃突然停下了！

糟！她瞬間歛起呼吸，該不會是她剛剛吐氣的緣故吧？說時遲那時快，那詭異的身影竟然倏地往紙門這裡衝——不，那不是衝，那是飛吧！

看著大頭近在咫尺，馮千靜右手緊握著鬧鐘，就等關鍵性的那一刻——娃娃在紙門前突地煞住步伐，但是它是騰在半空中的，一整隻飄浮在空中，正面對著她！

『在裡面嗎……嘻嘻……』娃娃把玩著刀子，『你們都只敢躲在裡面啊……』

這裡面？馮千靜擰著眉回頭，廢話，這裡是佛室，不躲這裡躲哪裡！不對……這是她房間，她睡覺睡得好好的，這娃娃來吵她做什麼！

娃娃啪的又落地了，刀尖在和室紙門外的木階上開始敲擊，叩叩叩……

叩……接著娃娃開始移動，刀尖一路刮在門外的木板上，發出一種低沉、不刺耳，但絕對令人毛骨悚然的聲音，不停的迴盪著。

娃娃的影子一直是正面的模樣，代表它是認眞的看著裡頭，來來回回的移動，未曾稍歇。

馮千靜沒出聲，她拉起被子蓋住自己的身體，雖然知道它不太可能進來，但還是無法盡情的躺下來睡著。

時間一分一秒的過去，門外的聲音終於停了，馮千靜的眼皮沉重得都快闔上，她看著影子遠去，腳步聲不穩的噠噠，吃力的、蹣跚著，最終傳來下樓的聲音。

心裡冒出無數個髒話，馮千靜倒上枕頭，又冷又累，舉起抓著的鬧鐘，居然已經四點半了，眼看著天快亮才走嗎？她窩進被子裡，兩眼依然瞪著紙門，她當然不會貿然離開這間和室的，只是在想如果每晚它都這樣搞，那該怎麼辦？

翻過身，往神桌上望著，上面的神明不能做些什麼嗎？她的睡眠品質就靠各位大慈大悲的神明了。

她沒有玩捉迷藏，娃娃無論如何都是找錯人，她該怎麼讓它知道呢？苦苦尋找又是爲什麼……遊戲已經結束了啊！

一條十九歲的人命，還不夠嗎？

天哪！何家瑢爲什麼要玩這什麼遊戲，現在在這屋子裡受苦的可是她耶……明天要繼續回來住嗎？還是要準備什麼？噢天，何媽媽不是有請法師來超渡過了，還是超渡的是蔡欣妤，娃娃卻……嗯……

嗶嗶嗶嗶嗶嗶嗶，鬧鐘大作，馮千靜伸出手來胡亂壓下，不耐煩的再拿被子往頭上蒙去！她沒睡飽，累都快累死了，爲什麼偏偏今天是第一堂課！昨天耗到快天亮才睡，早上這堂偏偏是必點……

咦？馮千靜倏地坐起身，驚愕的左顧右盼，該死的她居然睡著了！

媽呀，昨晚發生那種奇景她竟然還睡得著！突然有點佩服起自己了……狐疑的往門外看去，陽光從窗子照入，和室裡也一片通亮，七點半，切切實實是白天了，那娃娃不會在外面守株待兔吧？

就算是，她還是得上學。

馮千靜立刻俐落的疊好被子，再恭敬的雙手合十朝神佛拜了再拜，今天多加一倍，拜託不管外面有什麼一定要保佑一下，好歹大家是室友對吧！

手上抓著鬧鐘，手機塞在休閒褲口袋裡，她刻意離紙門很遠很遠，伸長指頭……唰啦的把紙門給拉開——安靜一如往常的五樓，除了地板上有疊雜誌倒了之外，門依然關著，放眼望去也沒有什麼娃娃的身影。

「先說好，我沒在跟你玩遊戲。」馮千靜不耐煩的說著，伸了伸懶腰，早上來不及暖身了，趕緊梳洗趕緊上學！

匆忙的跳下和室，她的拖鞋並沒有好整以暇的擺在原位，明顯的被移動過了，一個在附近，一個被踢到門邊去……有夠沒品的，找人就找人，有必要把人家拖鞋亂丟嗎？

正在咕噥著，右腳卻踩到一陣冰冷，嚇得她立刻縮腳，同時傳來一種金屬曳地聲。

低首一瞧，竟然是廚房的水果刀！

「混帳！」她忍不住低咒，「放在這裡很危險耶……」邊叨唸著邊拾起，撿起的那瞬間她才意識到，爲什麼刀子會在這裡……幹，昨晚那一切不是夢嗎？啊！

馮千靜急忙蹲下身子，檢查著和室的平台木階，手指才摸上就感覺到刻痕，她每星期都擦得乾乾淨淨兼打蠟，從來不可能有這麼深的刀痕……和室三面的木階上全部都刻上了，歪七扭八，刻痕卻不淺。

不是夢，她忍不住背脊發涼，這是無法逃避的現實，可惡！

緊握著刀子站起，馮千靜旋過身子，十二點鐘方向五樓的門正微微晃動著，她昨晚睡前是關死的，現在這晃動的模樣表示有人開過，離去時並未掩緊。

「這簡直太扯了！」馮千靜對著空氣放話，「找到我也沒用，我沒玩遊戲，搞清楚對象——而且遊戲已經結束了！」

她無法否認內心湧起的恐懼，緊繃著神經隨便洗漱換上衣服，鼓起勇氣打開五樓的門，走向平靜的四樓，一路直抵廚房。

刀架上的確少了兩把刀子，一把插在蔡欣妤胸口，一把在她手上。

「什麼行得正就夜半不怕鬼敲門？我怎麼還是會毛！」馮千靜抱怨著，用力把刀給插回去，「毛歸毛，我可不怕你！」

她覺得自己像神經病一樣，在廚房裡大吼大叫，走出廚房時，才看見單人沙發的皮革竟被割開一道，她默默的深呼吸一口氣，屋裡的壓力逼得她喘不過氣，她扭頭就拉開了鐵門——倏地一個人影就站在面前！

「哇呀——」驚天動地的尖叫聲同時傳來，馮千靜幾乎是用吼的！

何家瑢花容失色的望著她，眼淚都給逼了出來，身後的房東夫妻都傻掉了。

「……何家瑢！」馮千靜最快恢復理智，「妳幹什麼嚇人啊!?」

「是妳嚇人吧，妳沒聽見我們開鐵門的聲音嗎？」何家瑢臉都揪成一團了，被嚇得不輕，「天哪……」
「沒聽見。」沒心情聽，馮千靜撫著胸口，她心跳快得不像話。
房東夫妻忙著安撫鄰居，這些日子來大家都因爲命案而特別緊張，一大清早又有女聲拔高音尖叫，免不得一陣抱怨。
「我回來拿東西……」何家瑢站在門口往裡頭望，「裡面沒、沒事吧？」
「爲什麼會認爲有事？」馮千靜挑高了眉，「我一個人住在裡面耶！」
何家瑢面有難色，一臉欲言又止，何爸爸率先撇開大家往屋裡走，緊接著何媽媽才帶著何家瑢進去。
「那個千靜啊，妳昨晚一個人睡五樓嗎？」何媽媽擔憂的問，「怎麼不繼續住在學校？」
「何媽媽，這裡我有付租金的喔！警察都說可以回來了，我當然回來睡啊。」只是沒有想到你們一家都沒回來就是了。
「我們也是……」何爸爸尷尬應著，下意識往蔡欣妤的陳屍處看過去，「我們打算要搬家了。」
「嗄？」馮千靜愣住了，「才剛開學耶！是要我搬家嗎？」
「馮千靜，這屋子誰敢住啊！」何家瑢咬了唇，「妳都不會毛的嗎？蔡欣妤她、她……」

「又不是我殺的！我本來就沒有顧忌這點！」馮千靜有點火大的想起昨晚的娃娃，現在讓她不舒服的，是個洋娃娃！

「啊……回來再談好了，第一堂課不是八點十分的嗎？」還是何媽媽細心，先提醒她們時間快到。

「對，我要走了！」還得去買早餐，時間都得算進去。

「馮千靜等我一下！」何家瑢喊住她，匆匆忙忙的往原本的房間跑，「我拿課本就好了。」

馮千靜聞言就先按了電梯，等何家瑢出來後便一起往學校去；從進電梯開始她們彼此就陷入沉默，馮千靜是心情不好，滿腦子想著那個不該出現的娃娃該怎麼辦，根本沒空注意何家瑢的靜默。

「喂，妳昨天晚上住那邊眞的沒事嗎？」終於在點完早餐等外帶時，何家瑢開口了。

馮千靜其實希望他們家搬回來一起住，所以是否應該隱瞞昨晚的離譜現象？

「妳爲什麼覺得會有事？」

「我……」她咬了咬唇，臉色看上去不是很優，「我做惡夢了。」

哼哼，她也做惡夢了啊，還是貨眞價實白天起床門被打開還有刀子在地上的惡夢咧！

「畢竟同班同學，又是在自己家裡出事，難免會……」

「可是宜臻跟我做了一模一樣的夢！」何家瑢打斷她的話，哽咽出聲。

這讓馮千靜愣住了，她終於正式看向何家瑢，對上泛著淚光的雙眼，一臉泫然欲泣，她更想哭好嗎！

「什麼叫一模一樣的夢？」她嚥了口口水。

「就我們做了一樣的夢啊，我們是同時間尖叫起床的！」何家瑢也不敢說太大聲，「我夢見房間好像有人盯著我，她也是，我們夢到的場景、發生的事情都一樣！」

「房間有人盯著你們？」馮千靜挑了眉，「可以說詳細一點嗎？告訴我整個夢就對了！」

餘音未落，何家瑢居然打了寒顫，彷彿連要她回憶都會令她恐懼似的。馮千靜當然是不以爲然，因爲那頂多是夢，絕對沒有紙門外有個洋娃娃擎著刀子割門階來得可怕吧！

「我夢見在這邊的房間，我原本在睡覺，背對著門，可是卻感覺有人走進來，因爲門被推開了……然後我聽見椅子的聲音，對方碰到椅子後，就停了下來。」何家瑢雙手互絞，激動說著，「妳知道那種感覺嗎？好像有人就站在那裡盯著妳，卻不知道該不該回頭，又怕一轉身就看見對方。」

「嗯……結果夢裡面的妳有回頭嗎？」

何家瑢搖了搖頭，「我不敢，我嚇得想哭，瞪著牆壁瞧，卻看見……看見影子逼近，對方就走到我身後了——我嚇得把頭蒙進被子裡，完全不敢動！」

「妳有看到那影子的樣子嗎？」馮千靜有些緊張，是不是也是娃娃的模樣！

何家瑢的雞皮疙瘩全站起，她恐懼的轉過身抓住馮千靜的手臂，「我哪敢看，我可以感覺到對方碰到我的床、碰到我的被子，他就壓著我的被子……空氣變得好冷好冷，我全身都在發抖，然後……那個人說話了……」

馮千靜瞪圓了眼，「什麼？」

「在哪裡……」何家瑢倒抽一口氣，倏地摀住嘴巴，兩行眼淚就這麼滾出眼眶。

在哪裡……這句話眞是有夠熟悉的！

「妳確定是夢嗎？」她沒好氣的回著，「林宜臻說跟妳夢的一樣？」

何家瑢用力點頭，「我後來感覺到對方在掀我被子，我整個人尖叫彈起，結果回神時發現林宜臻也一樣，我們兩個人渾身是汗，根本是哭著醒來的！交換夢境的資訊，才發現一模一樣……差別只有在房間的不同而已。」

「林宜臻的夢境是她房間嗎？」馮千靜疑惑的問著。

這個問題讓何家瑢臉色變得更加難看，眼神眨動快速，「在、在我家客廳……」

馮千靜如遭雷殛，在她家客廳？那不就表示所有發生的一切管他是夢是眞實，全都還發生在那個「捉迷藏」的地點！

這哪是惡夢啊？人要是眞能單純多好，可惜她沒有、她一點都不這麼認爲！

「陳傳翰跟張成明有沒有發生一樣的狀況？妳記得趕快去問！」馮千靜聽見老闆娘在喊號碼了，「這邊！」

她趕緊上前，順道拿過何家瑢的早餐，看見她正手忙腳亂的拿著手機，不耐煩的一把塞進她手裡！

「傳什麼LINE啦，等等上課不就見面了？」馮千靜嘟囔著，「知道消息再傳LINE給我，如果快下課了就等下課再電話聯絡。」

「……妳爲什麼認爲陳傳翰他們也有夢到？」何家瑢可憐兮兮拉著馮千靜問。

「一模一樣的夢根本就不尋常……我整個覺得不對勁！你們今天抽空去把遊戲的網站資料列印下來，妳今天下午課到幾點？」馮千靜劈哩啪啦的講了一串，何家瑢有些措手不及。

「四、四點……」

「我三點，那我等你們，我想去找人問問這件事！」馮千靜嚴肅的說著，她想要好好睡覺啊！

「找誰？」何家瑢雙眼發出光芒，「有人知道這是怎麼回事嗎？」

馮千靜看著她宛似攀到浮木的眼神，實在也不好給她太大希望，「我不確定他們知不知道，只是試試看！」

「沒關係……只要能有解……」何家瑢拉著她手微顫，「我還想去廟裡拜拜。」

「嗯，好，那四點約在社團大樓！」馮千靜加快腳步往教室去，「我聯絡好會跟你們說！」

媽呀，快打鐘了，她還要吃早餐，至少讓她喝一口豆漿吧！

馮千靜拔腿狂奔，坡陡的路她跑起來卻看起來輕盈又輕鬆，何家瑢在後面大聲喊著謝謝她也沒在聽，一心一意只希望衝進教室後有機會讓她吞兩口蛋餅。

中間有空堂再來聯絡那個老是笑咪咪的怪咖，跟扳著一張臉好像人家欠他很多錢的怪咖吧，既然叫「都市傳說社」，這個一人捉迷藏應該很瞭吧？馮千靜衝進教室時還有十分鐘上課，她迫不及待的找個位子坐下來，插入吸管喝了幾口豆漿，再囫圇吞棗的吞口蛋餅，反正她這邋遢樣也不會有人覺得奇怪，睡不飽已經夠慘了，當然得吃飽才有精神上課！

她突然想起自己完全沒有那個社團任何一位的聯繫電話，但至少社團辦公室會有一個位子對吧？社團已經確定成立，無論如何都會有一間辦公室的。

打開背包，馮千靜將課本跟鉛筆盒一併拿出，指尖卻突然碰到一個毛茸茸的東西……她兩眼發直的瞪著前方的黑板，緩緩抽出手，遲疑了兩秒，將背包袋口打開——

那個娃娃，躺在她的背包裡。

第四章 求助

幹！他媽的！馮千靜幾乎要抓狂的大吼大叫，把這娃娃撕了個粉碎，再放火燒掉才對！

居然躲在她包包裡！

她早上看見它在包包裡時幾乎要吼出聲，費了多大的力氣才壓下來，而且還認真的把背包掛回座位，克制自己把娃娃丟掉的衝動，如果警方那邊丟了證據怎麼辦？總得還回去的吧！而且萬一讓別人撿到那還得了！

可惡啊啊啊！

馮千靜幾乎是迫不及待，她利用中午空堂就殺到社團辦公室，無論如何先找到那個笑咪咪的傻子再說！

她把娃娃移到了提袋，隨便一瞥都可以看見它那兩顆塑膠眼珠，用天眞無邪浪漫的眼神看著她，馮千靜拿了團衛生紙把袋口封住，娃娃背面全是血汙，蔡欣好的血……噢，天哪，她是不是應該要先去警局一趟啊？

百米衝到社團大樓，她後悔沒有仔細先查查該死的「都市傳說社」在哪一層，前幾天夏玄允發給她的簡訊她又刪掉了，害她只能站在一樓排隊等電腦查詢；牆上的表看了兩圈就是沒看見，可能牌子還沒做好。

社團大樓高達十一樓，結果「都市傳說社」還眞的就位在頂樓。

馮千靜沒詳查教室，一層樓也才多大，仔細找一圈就可以了……不過上樓後她就後悔了，因爲絕大多數的社團牌子根本都還沒裝上去，幾乎都是貼張紙示意而已。

一間看過一間，心急如焚的她發誓自己無一遺漏的找了兩圈，居然還看不到「都市傳說社」的牌子！就算一張紙也行啊，難道他們連貼一張條子都沒有嗎？

瞪著手上塞滿衛生紙的紙袋，她好想扔掉啊！

「咦！小靜——」熱情如火到令人起雞皮疙瘩的吆喝聲傳來，二十四小時以前的馮千靜會立即閃避，但現在的她簡直覺得這是天籟啊！

她倏地回首，在走廊頂端遠遠的看見拼命揮手的夏玄允！

咻——她筆直朝夏玄允衝過來，讓那張開可愛的臉蛋有些驚愕，還下意識往後想躲到毛穎德身後去，怎麼小靜會充滿肅殺之氣的奔過來了？

「你——」馮千靜完美煞住步伐，看著眼前三個男生，「什麼時候要開會？」

咦咦？夏玄允詫異的瞪大雙眼，連嘴巴都瞠圓了。

「小靜，小靜小靜！」他開心的笑了起來，拉起馮千靜的手，「我不知道妳這麼期待要開社會耶！」

「嘖！」馮千靜二話不說立刻抽手，「誰跟你期待，我有事要問你們！擇日不如撞日，就今天開吧！」

「這是看時辰的嗎？還撞日咧？」毛穎德懶洋洋的說著，「什麼事這麼十萬火急？」

一邊說，他的視線移到了塞滿衛生紙的紙袋，露出嫌惡的表情。

「既然社員都到齊，今天開也可以啊！」郭岳洋趕忙答腔，他也是滿腔熱血的人，「第一次社員大會，超期待的！」

社員都到期……馮千靜眼珠子轉著，夏玄允這三個男人加上她，就叫做社員到期？哇咧，學校規定十人才可以成立社團，敢情這個「都市傳說社」實際社員只有三個，整整有七個是幽靈社員啊！

「學校不是要來看，好歹要有十個人到場吧！」毛穎德壓制兩個興高采烈的人，「有什麼事這麼急？」

「我要問一個都市傳說……」她頓了一頓，左顧右盼，「你們沒有社辦嗎？」

哦……不方便說啊？毛穎德淺笑著，推了夏玄允一把，「走啦，進社辦。」

郭岳洋像是跳起來似的，一馬當先就衝進他們旁邊那扇門，夏玄允眉開眼笑的說歡迎，馮千靜覺得不可思議，這間她當然看過了啊，就是沒看見「都市傳說社」的……

一張Ａ４塞在公佈框裡，上面斗大的字寫著：圍棋社、西洋棋社，還有下面那排她以為是汙點的小字：「都市傳說社」。

心裡有著不祥的預感，她走進去後，看見用櫃子隔開的社團範圍，首先是大大的圍棋社、再來是寬敞的西洋棋社，最最後面窗戶邊的直條小縫，西洋棋社用兩個鐵櫃隔出來的，就是「都市傳說社」。

「這裡……根本十個人有點擠吧？」馮千靜皺起眉，根本連擺十張椅子都放不下！

「反正就都幽靈社員嘛哈哈！」夏玄允還自在的笑著，郭岳洋忙著把靠牆的折疊桌打開架好，四張折疊椅一一擺放。

眞是有夠克難的！馮千靜回頭看著身邊的大鐵櫃，兩個鐵櫃一左一右，中間的開口就像是門……即使是小社團，另外兩個社團佔的位子也太大了吧，還有茶几沙發咧！

就見三個男生一人一個便當或一碗麵的坐下，郭岳洋像是打掃工友兼秘書的，也幫她準備了一張椅子。

「我不必坐。」她回頭再次確定沒有別人，「我想要問一個人的捉迷藏。」

話尾才落，夏玄允的雙眼立刻迸出光亮，開心的擊掌，「我猜對了！果然就是捉迷藏！」

「眞的耶，好厲害！」郭岳洋也緊握著拳，往掌心上一搥，「刀子跟娃娃，也只能想到這個了！」

馮千靜無視於他們過度熱切的氣氛，但是已經感覺到他們早猜到了。

「就是會計系命案的主因嗎？」看起來最為理智的毛穎德開口，「這兩個早猜到了，只是沒想到妳會跑來問，出了什麼事嗎？」

「嗯，我覺得不對勁。」馮千靜抿了抿唇，不是很想說出昨晚的事，「其他人也發生了怪事，我跟他們約了四點到這裡來，他們會說。」

「怪事？」夏玄允的笑容微微歛起，「家裡有什麼異狀嗎？我聽說妳昨天搬回去了！」

「妳超勇敢的耶，住的地方發生命案還敢回去住！」郭岳洋口吻裡充滿佩服。

馮千靜只覺得為什麼她的一舉一動這三個都知道？就算是社員未免也管太多了吧！

「別告訴我蔡欣妤在家裡晃！」毛穎德輕笑一聲。

「如果是她在家裡晃就好了！」馮千靜不耐煩的隻手扠腰，把手上的紙袋往桌上一擺，「是這個。」

男生們疑惑的看著紙袋，毛穎德皺著眉咕噥，「我沒看過這麼亂的袋子，衛生紙一團一團的亂塞，一看還知道是廁所的衛生紙。」

夏玄允輕輕踢了毛穎德一下，像是在說不要這樣講人家，夏天就是那種可愛系的萌男孩，開朗活潑跟誰都好，一張看起來像高中生的臉，應該不管在男女之間都挺受歡迎的。

身為工友秘書的郭岳洋長得也很好看，清秀纖細氣質出眾，他主動把衛生紙拿出來，只是抓到最後一張，只見他臉色發青，瞬而跳了起來，還因此撞上了身後的灰色鐵櫃——砰！

他嚇得扔下手裡的衛生紙，火速衝到站在走道上的馮千靜身後。

「什麼啦！」夏玄允半起了身，勾著袋口往裡一瞥，也秒速退後往白牆上撞。「怎麼會……」

袋子因為夏玄允的碰觸砰的倒下，染血的草帽娃娃就這麼滑出袋子，半顆頭躺在桌上，身體還在袋子裡，正面對著毛穎德。

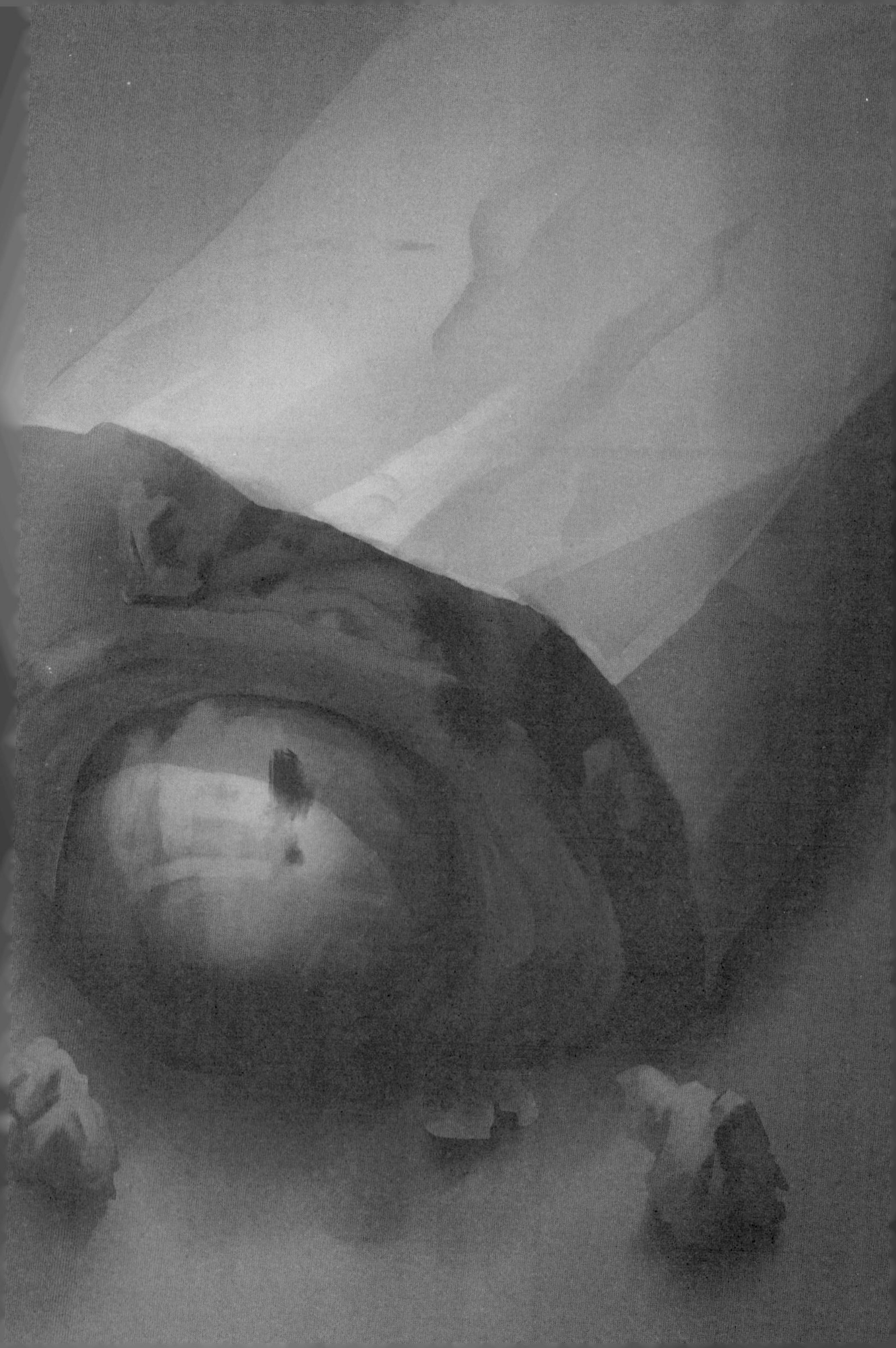

毛穎德冷冷的看著那天眞的洋娃娃，草帽上都有紅褐色的血汙，不由分說，是命案現場的娃娃。

「妳偷證據？」他抬頭。

「誰偷！它自己回家的……煩，我不知道它怎麼回家的！」馮千靜搓搓手臂，有點兒發冷的把昨天半夜的狀況簡述了一次。「我到學校時才發現它躺在我書包裡！」

郭岳洋攀著她的肩頭直發抖，讓馮千靜厭煩的一直抖肩想把他甩開。

「娃娃還在找人嗎？」夏玄允臉色變得有些難看，「這代表遊戲還沒結束啊！」

「我就是不懂這個，遊戲應該已經結束了啊，蔡欣妤都已經死了！」馮千靜難受的嘆了口氣，「可是它一整晚守在我和室外頭，幾乎就是守株待兔！」

「只找妳嗎？」身後的郭岳洋怯生生的說，「其他人呢？」

「喂，我是不太相信這種怪力亂神的東西！妳是不是做夢？還是夢遊？」毛穎德涼涼的問！

馮千靜嘖了一聲，側身把郭岳洋甩開，抓住他的手往桌子邊推回去，嚇得他不知所措。「其他人也有怪事，但跟我不同……雖然我覺得娃娃是用不同的形式表達——因爲有兩個人做了一模一樣的夢。」

夏玄允的笑容更少了，他凝視著那娃娃，完全不敢靠近；郭岳洋根本已經躲到西洋棋社的沙發去了，唯有毛穎德八風吹不動，還在吃他的麵。

「其他人下午會來嗎？」夏玄允認真的問。

「會，跟他們約四點。」馮千靜認真的點頭，「好了，我要先把娃娃拿去警局，不想拎著它到處走。」

她主動上前，把娃娃撿起來重新放進袋子裡，剛剛那堆衛生紙照樣塞回去，眼不見爲淨！

「我覺得放到哪裡都一樣。」毛穎德幽幽開口，「如果遊戲還沒結束，它會一直找、一直找……」

「那也不該找我啊，我又沒玩！」馮千靜不爽的低吼。

「但是……」郭岳洋小小聲的從櫃子邊探出頭，「妳住在那裡嘛！」

轟！馮千靜噯一聲恍然大悟，「原來是這樣啊……那它分得清楚我有沒有跟它一起玩嗎？我可以不理它嗎？」

「不行！」這下三個人異口同聲，反而叫她愣住了。

怎麼這麼麻煩，馮千靜拎過紙袋，這娃娃跟著她多一秒都叫人不舒服，她急著要脫手，懶得跟他們抬槓，直接約好下午四點，人就火速往警局去了。

「怎麼回事？事情居然還沒完？」郭岳洋驚魂未定的走回椅子坐下，「我剛看到娃娃時嚇死了。」

「遊戲還沒結束，娃娃還在找人當鬼。」夏玄允語重心長的開口，「他們玩遊戲的過程中一定有瑕疵！」

「什麼瑕疵！這種東西一開始就不該玩，打電動不好嗎？非得要玩這種東西！」毛穎德沒好氣的說著，淅瀝呼嚕的吸入一大口麵。

夏玄允聞言卻突然劃滿笑容，露出一臉期待模樣，「可是你不覺得很棒嗎？超符合我們社團的宗旨！」

「我對都市傳說一點興趣都沒有，我也不信那個！」毛穎德說得直接，「我就是想要一個可以休息的地方！」

「知道知道，你最挺我的嘛！」夏玄允咯咯笑了起來，打開便當準備用餐。一旁的郭岳洋也已經開動了，一邊滑著手機，他已經在找資料了，「夏天，我是不是要把資料也印下來？還要準備什麼？」

「準備什麼喔……我覺得準備護身符跟佛珠比較有用耶！」夏玄允托著腮，用饒富興味的笑容望向遠方，「我眞好奇，在娃娃身體裡的是什麼……」

坐在對面的毛穎德嚼著肉羹，不悅的在他面前彈指，打斷他過度愉悅的遐想，「喂喂！你不要一副在想妹的樣子好嗎！眞是變態！」

「說什麼！從小一起長大，你又不是不知道我對都市傳說多著迷！」夏玄允陶醉的說著，哼起歌來。「你都不好奇嗎？娃娃體內是什麼？他們請到了誰？爲什麼娃娃會拿著刀到處走，還有——誰殺了蔡欣妤？」

「不好奇。」毛穎德斬釘截鐵，起身把吃完的麵包一包，走到外頭要丟棄。

「我不信怪力亂神。」

基本上夏天才不是對都市傳說好奇，根本是對所有詭異的事物都有莫名狂熱好嗎！最誇張的是還在臉書上四處結交共同興趣的好友，還找到一個國中同校的郭岳洋，常識不足狂熱有餘的天眞小子。

然後馮千靜這個女生怪怪的，外表看起來很像孤僻自閉，走路低著頭展現怯懦，頭髮亂七八糟、邋遢有餘，聲音還小小聲的，怎麼這幾次越見越不一樣，雙眼發著火，脾氣耐性都不好。

他不覺得馮千靜會騙人，她說到昨晚遇見的狀況時很冷靜，聲音很平穩，不特別恐懼也不特別慌張……基本上聽到她搬回去時，大概就知道這女的膽子不小了。

娃娃擎著刀繼續在找人啊……毛穎德把垃圾丟進桶子裡，眞是一群煩死人的傢伙，有本事玩，就要有本事收拾殘局啊！

下午還不到四點，何家瑢跟林宜臻就已經窩在社團大樓一樓，她們根本無心上課，一整天都心神不寧；四點下課後，陳傳翰跟張成明也匆匆趕來，四個人臉色都很糟。

馮千靜這天的課只到三點，她想了想就到附近的廟去拜拜，順道多求個平安符以防萬一，還舀了些香灰，能用的全部用上了；中午帶著紙袋去警局時，直接找了當初做筆錄的王警官，他看見袋子裡的娃娃都傻了，眼睛瞪得比娃娃還大。

在馮千靜抵達之前，他們就發現證物不見了，明明在證物袋還鎖在櫃子裡的東西就這麼無端消失，讓相關人員急出一身冷汗卻又遍尋不著，結果居然遠在兩公里外的何家。

馮千靜沒交代什麼，只說她在家裡發現的，妙的是王警官也沒多問，卻要她抽空去廟裡拜拜。

簡直是莫名其妙！馮千靜心裡頭只有這幾個字，她口袋裡揣著護身符跟香灰包，實在不明白爲什麼自己會遇到這種麻煩，而且她很介意夏玄允中午的態度，他一直都是那種笑咪咪的臉，當他聽見遊戲尚未結束時，消失的笑容反而讓她覺得更可怕。

另外那個冷酷的傢伙也一樣，雖然看起來對這娃娃沒什麼反應，可是眼神卻銳利的緊盯著娃娃，瞬也不瞬；再說那個看起來膽小的郭岳洋，根本躲在她身後時，趁機把她往後拖，遠離了桌面。

觀察入微是她必須具備的才能，這三個男生根本不像外表看起來那樣愛鬧愛搞笑。

「馮千靜！」遠遠的，在大樓前何家瑢揮著手吆喝著，看起來心急如焚！

馮千靜不急不徐的走向他們，每個人都眉頭深鎖，一點都不像那日看起來的嘻嘻哈哈。

「好慢喔，我好怕妳放我們鴿子！」林宜臻也焦急上前。

「才四點過兩分耶……話說你們下課跑到這裡速度也太快了吧？」商學院距離社團大樓用跑的也要兩分鐘吧？「喂，你們該不會全翹課吧？」

「誰有心情上課啊！」陳傳翰低語著，顯得相當緊繃。

「噢。」馮千靜看向兩個男生，「你們也有事啊？」

「他們說妳有人可以問不是嗎？快點帶我們去！」張成明也很焦躁，急著催促。

「禮貌點好不好！我又沒欠你們！」馮千靜還覺得自己被拖累了咧！

「好啦好啦，妳不要介意，大家心情比較不好！」何家瑢趕緊過來拉拉馮千靜的手，「我們昨天到現在既害怕又慌亂，張成明不是有意的！」

她也煩也亂啊，剛剛還拜託王警官務必把娃娃給鎖好，她睡眠不足時脾氣都會特別差嘛！不想再失眠了！

領著四個人上十一樓時，景況跟中午截然不同，整層樓熱鬧非凡，許多沒課的人都跑到社團來了，喧嘩聲此起彼落，也有學長姐正帶著新生參觀社團。

棋社也一樣，看見他們一掛五個人進來一時還熱烈歡迎，一發現他們是「都市傳說社」的，就用詭異的眼神看向他們。

走到最底，夏玄允跟郭岳洋都在，唯毛穎德尚未出現，他看起來也不是很喜歡這個社團，所以馮千靜沒多問；一下子七個人擠在這細長條上，連擺放椅子都顯困難，這讓馮千靜沒來由的怒從中來。

「請問一下，社團大小範圍是學校規定的嗎？」她一探身，轉向隔壁的西洋棋社，響亮的聲音讓何家瑢嚇了一跳。

「呃……沒有，可是我們就需要這麼大的位子啊！」西洋棋社趕緊強調，「我們要有下棋的地方，你們應該不必吧！」

「我們也是，而且我們人這麼多，西洋棋你們用得也太大了。」圍棋社還趕緊幫忙補一槍。

郭岳洋倒抽一口氣，緊張的要出去打圓場，雖說他們最晚來所有位子被佔光了，可是大家都在同一間教室就不太想起衝突，夏玄允卻拉住他，偷偷朝他搖了搖頭。

他想知道，馮千靜要怎麼做。

「應該用多大的位子不是你們說了算，是要共同商量的，一個社團最少十個人，至少也要給我們十個人坐的位子，用櫃子圍起來施捨一長條是怎樣？先來先贏喔？」馮千靜不客氣的挽起袖子，回頭看向陳傳翰，「喂，男生過來幫忙，搬櫃子！」

「咦咦？」西洋棋社跳了起來，「等一下，妳不可以亂動我們的櫃子！」

「那不然你們來搬！」馮千靜倒也乾脆，「我們不需要你們這麼大，但至少有能放三張桌子、十二張椅子，還要有我們櫃子的空間——那個誰！」

「又！」郭岳洋完全知道在叫他，他趕緊丈量一下位子，然後人戰戰兢兢的站到西洋棋社的地盤，「差不多這麼大就可以了。」

「搬吧！」馮千靜指指地板，「櫃子搬到這裡，然後你們再自己去跟圍棋社橋。」

「太誇張了吧，妳說搬就搬？」西洋棋社不爽的叫嚷著，「明明你們就不需要那麼大的空間，我們——」

咿——對方還沒叫嚷完，就聽見一陣巨大的金屬拖曳聲，馮千靜一個人、一個女生徒手把那沉重的鐵櫃推動了，輕而易舉的推到郭岳洋站的位子去。

何家瑢趕緊回頭催促著陳傳翰他們，以旁觀者來看她也覺得誇張，但現在重點是大家有要事處理，不要讓這些瑣事耽誤太多時間，而且要無條件支持馮千靜才對！

陳傳翰一個人上前，扣住櫃子一角想要移動，卻發現他竟然推都推不動……使了眼色叫張成明來，最後搭上了郭岳洋，才勉強推動另一個鐵櫃。

這瞬間他們明白了，爲什麼整個西洋棋社鴉雀無聲的看著馮千靜搬動那個鐵櫃，因爲她一個人就可以推動這個要三個男生搬都吃力的櫃子！

「沒佔你們太多空間，大家互相，自己橋一下就好。」搬設完畢，馮千靜臉不紅氣不喘，還擊著掌拍拍灰塵，「沒意見吧？」

西洋棋社立刻搖了搖頭，他們看見馮千靜挽起的袖子下，連手肘上都有肌肉耶！天哪！這是哪裡來的女生!?

郭岳洋動作俐索，櫃子一搬走立即拿起掃把把櫃子下的灰塵掃乾淨，女生們也幫忙把立在牆上的桌子都給打開，椅子擺好，然後所有人終於可以窩在一張櫃子後頭，開始他們的正式會議。

「謝謝。」夏玄允首先衝著馮千靜給了一個陽光少年的笑容。

「不是爲了你，是爲了我們有地方坐。」馮千靜倒也老實，一屁股坐下，先灌了好幾口水。

「好囉！」夏玄允清清喉嚨，看著眼前聚在一起、臉色蒼白的人們，「大家好，我是都市傳說社的社長，我叫夏玄允，叫我夏天就可以了！」

「我是社員兼工友兼秘書兼文書！郭岳洋！」郭岳洋立刻答腔，「還有一個很酷的毛穎德但是他有事，我們三個是——都市傳說社收集者！」

看著眼前兩個男生雙眼發光，用興奮莫名的口音唱著雙簧，還有pose，不免讓何家瑢等人覺得更加恐慌了……

「妳是去哪裡找這兩個活寶來？」何家瑢心都涼了一半，「我早上跟妳說的時候很正經耶！」

「喂！正經！」馮千靜踢了踢身邊郭岳洋的椅子，她根本也沒想到他們會來這招好嗎！「從我左手邊開始，何家瑢、林宜臻、陳傳翰、張成明。」

「噢……慢慢慢。」郭岳洋忙不迭的搬出筆記本，開始一一抄寫，馮千靜看得皺眉，還眞的有會議紀錄就是了。

「我聽說了，一個人的捉迷藏。」夏玄允微笑著說，「小靜……我是說馮同學馮同學，也跟我說了做夢的事，是誰做的夢？」

小靜？馮千靜一雙火眼金睛，在眼鏡下燃燒。

同時間，舉起手的有四個人，馮千靜圓睜雙眼，早上她只知道何家瑢她們兩個女生做了一樣的夢，沒料想陳傳翰他們也是！

「我們問過了，大家都做一樣的夢，眞的一樣。」何家瑢認眞的看向馮千靜，「都是房間裡有人進來，盯著我們，椅子上彷彿還坐了人正在看我們！」

「只是夢裡面的場景不同而已，我在客廳，陳傳翰他們在陌生的地方。」林宜臻雙手擱在膝上，緊張不已。

「陌生的地方？不是我們家裡嗎？」馮千靜困惑的看陳傳翰，她以爲都會在何家。

「不知道，那地方我們沒印象，我待在一間房間裡，確定不是我房間，但沒見過。」金毛的他今天看起來不若之前意氣風發。「有張會轉動的椅子，夢裡那個人走進後，我聽到椅子轉動面向我，像是瞪著我。」

「我是在浴室裡的樣子，那我沒見過那間浴室，只記得是深灰色的色調，有浴缸也有乾濕分離的淋浴間，我人坐在浴缸裡，嚇得蓮蓬頭掉在地上，裂開了縫，水一直流出來。」張成明記得倒是詳細，「有人從門外進來感覺盯著我，我完全不敢回頭，只敢握著那個一直噴水的蓮蓬。」

「唉，那其實不能說一模一樣，不過大同小異就是了。」夏玄允沉吟著，身邊的郭岳洋正在飛快紀錄，「有人記得時間嗎？」

「醒來的時候是三點。」何家瑢回著，「我確定是因爲我們都看了時間。」

林宜臻點點頭，「我們是同時被嚇醒的，然後直覺的看一下現在幾點。」

「我們也是三點多左右。」兩個男生也有看時間。

夏玄允轉向馮千靜，「妳呢？」

這一問，讓何家瑢他們都錯愕的往馮千靜看去，看來他們並不知道她昨晚發生的事。

「妳也夢見了嗎？」何家瑢驚愕的問著。

「我沒有夢見，只是做夢就好了……」她做了深呼吸，「我三點半被吵醒的，那個娃娃——對，向日葵走進五樓，帶著刀子在找人，繞著我和室外面走來走去，還把和室外面的那個木板給我刮得亂七八糟！」

馮千靜邊說，沒注意到其他人臉色變得慘白，何家瑢全身發抖的站起身，完全不敢相信她說的話！

「妳是說……向、向日葵？」何家瑢不可思議的低吼。

「是，而且早上我跟妳在早餐店說話時，它還躲在我書包裡。」馮千靜咬牙切齒的說著，林宜臻發出尖叫，雙手掩嘴哭了起來，「我已經把它送回警局了，刀子也擺回廚房刀架，時間是三點半。」

「嗯……」夏玄允點了點頭，「你們知道這個都市傳說，應該是在幾點的時候玩嗎？」

何家瑢戰戰兢兢的望向他，「三、三點……」

「沒錯，那才是適合玩一個人的捉迷藏的時候。」夏玄允依然帶著笑容，「所以三點一到，遊戲就開始了。」

「但是我們不是在三點玩的啊！」張成明不明白，「這樣我們做夢也是有原因的嗎？」

「遊戲就是該三點開始，是你們沒守規矩，所以夢境才會從三點後開始……

但這不是重點，重點是娃娃還在玩。」夏玄允伸出手，「我可以問你們玩的規則在哪裡嗎？」

何家瑢立刻從書包裡拿出馮千靜交代的東西，他們是從網路上看到的，所以就載下來玩；接下來跟做筆錄一樣，夏玄允再問了一次那天遊戲的過程，包括第二棒的林宜臻跟第三棒的陳傳翰遇到的狀況。

不知不覺中，社辦內靜了下來，背對著西洋棋社的馮千靜狐疑的回頭，才發現都是他們在說話，其他同學用一種恐懼的神情望向他們，然後下意識放輕了聲音。

噢噢，馮千靜挑了眉，原來他們都聽見了，反而製造了某種效果啊。

「你們在外面都沒有聽見尖叫聲嗎？」夏玄允很狐疑的問，「或是什麼聲響？」

四個人同時搖了搖頭，「如果有我們就會進去了，這個遊戲說一定要有朋友在身邊也是這個意思，就是怕有狀況可以求救啊！」

「時間長達十分鐘，雖然說一人捉迷藏可以玩到兩個小時，但是沒有人敢玩這麼久。」夏玄允手指在桌上敲著，「最後是誰開門的？」

「我。」何家瑢說著，因為是她家。

「蔡欣妤會不會沒辦法開口啊？」馮千靜突然提出了見解，「今天去警局時警察跟我說的，說驗屍報告確定窒息現象。」

窒息？這怎麼可能!?

「我們推門進去時，她就是倒在客廳，胸前有刀！」陳傳翰搖著頭，「嘴巴是張開開的，怎麼會窒息？」

「不知道，警官說的。」馮千靜聳肩，「現在他們也陷入僵局，因為完全找不到他殺的跡證。」

「難道蔡欣妤是自殺的？」林宜臻拔高了音。

馮千靜挑了挑眉，「妙的是，也找不到自殺的跡證。」

「刀子上的指紋呢？」郭岳洋轉著筆，「沒錯的話應該是所有人都有。」

「嘿呀，跟之前調查的一樣，但是大家都排除在場證明了。」

房東夫妻人在機場，何家瑢他們都在外頭，屋裡只有蔡欣妤一個人，而刀柄上的指紋握法，也不是自捅的方向。

「這麼說來……蔡欣妤那場遊戲沒有結束啊！」郭岳洋看著自己的本子，老實說他在寫什麼東西馮千靜根本看不懂，「她如果死了的話，遊戲就中斷了。」

「怎麼可能？鹽水有少，蔡欣妤她對娃娃做過結束的動作了。」陳傳翰認眞的回應著，「而且發現屍體後，我們也對娃娃再做過一次噴灑鹽水的動作。」

「……但是娃娃還沒燒掉。」何家瑢幽幽出聲，「上面寫著，除了噴鹽水外，最後要把娃娃體內的米全部倒出來、紅線拆掉，還得再燒掉才可以……」

「咦？」林宜臻一顫身子，「是因爲還沒有做這些事，所以我們才會……做那種惡夢嗎？」

「這怎麼辦？現在還是證物怎麼燒？」陳傳翰緊張的問著，「蔡欣妤的爸媽現在都要對我們提出告訴了，事情沒這麼快結束的話，證物就不會銷毀，那我們——」

夏玄允沒回答，他居然抿著唇抬頭看向窗外，像是在沉思一樣，郭岳洋也只是看著他那鬼畫符的本子，不知道在思考些什麼。

「到底哪裡有問題？要怎麼結束這個遊戲？」馮千靜敲敲桌子，這兩個人好怪。

「嗯……我想，再玩一次。」夏玄允語出驚人，「必須重頭到尾再玩一次，才能知道到底發生了什麼事。」

「我不要！」何家瑢跟林宜臻立刻慌張的站起，嚇得拼命搖頭。

「我也絕對不要！」陳傳翰緊握著拳，一副誰逼他他就要翻桌的模樣。

張成明沒說話，倒是抖到連椅子都一起晃了，想也知道答案。

「當然不是你們，讓你們玩危險性太高，」夏玄允緩緩的，看向了馮千靜，「總是要找個沒在遊戲內的人。」

馮千靜狐疑的蹙眉，先看看何家瑢他們，再看向夏玄允跟郭岳洋，「我？」

「對，妳最適合。」

第五章 一個人的捉迷藏

「我拒絕！」

馮千靜背包一上肩，扭頭就離開社團辦公室，這讓何家瑢等人慌亂不已，立刻追了出去。

「馮千靜！馮千靜妳等一下！」何家瑢趕忙拉住她，「爲什麼不要？」

「我爲什麼要啊，你們都玩出事了，我才不要玩那種東西！」馮千靜義正詞嚴，「那天一開始我就說了，這種網路上亂傳的東西不要亂玩！」

林宜臻從另一邊追上，勾住馮千靜的手，「拜託，我們想知道究竟怎麼回事！」

「妳難道不怕晚上那個娃娃又、又去……找妳嗎？」陳傳翰直接伸手拉住她背包上的叩環，「一點都不想解決這件事？」

「我就睡和室它又進不來，而且我本來就沒有在遊戲中，我會跟它曉以大義的！」馮千靜別過了頭，「這遊戲一開始就有問題，哪有明知道有危險還玩的！」

「可是、可是如果按照規矩……應該沒事吧？」張成明很不安的說著，「妳看何家瑢跟林宜臻他們都沒事啊！」

「死一個人就已經很嚴重了，有這麼比較法的嗎？」馮千靜看著夏玄允都走出來了，「你們兩個去試試如何？」

「我們要當觀察員的！」郭岳洋說得很認真。

「最好！」馮千靜甩著手，「我想回家了，你們自己跟他們談談。」

她想過了，大不了晚上把樓梯上通往五樓的門給鎖上，這樣子諒它也進不來了！

「小……馮同學，妳不想知道發生什麼事嗎？」夏玄允走了過來，「我一直覺得娃娃去找妳也很奇怪，除了妳住在那邊外，應該還有別的理由。」

「什麼意思？」她瞪眼。

「妳說它守在外面，還對妳說躲在裡面就沒事了……感覺就是只要一天住在那邊，就每天都會有事啊。」夏玄允用閃爍的眼神望著她，「試著幫幫大家，也幫妳自己好嗎？」

馮千靜望著夏玄允誠懇的眼神，不知道多少人會買他的單啊！她擰眉一抽手，大步向後退。

「我、不、要！」馮千靜深吸了一口氣，「我不會輕易以身涉險的，哪有出事了要別人去冒險的？你們害怕擔心就自己去探究啊！搞什麼飛機！」

「馮千靜！」何家瑢再度拉住她，「我拜託妳好不好，求求妳幫我們這個忙！」

「何家瑢，不是我無情，這是玩命的事，我可不想身上插著一把刀死在自己的血裡。」馮千靜拉開她的手，「做人要講道理，如果娃娃找的是你們，你們應該自己去面對！」

她說得很平靜，轉身就離開，林宜臻嗚咽的哭了起來，雙手掩面，連何家瑢也都難過得不知如何是好；此時大家後方繞出了毛穎德，他一派閒散的原本要走進辦公室，卻發現一掛人都聚在走廊上。

「怎麼都在這裡？」他喚著，「夏天，我準備好了。」

「啊？你準備好了……我們沒有啊！」夏玄允無奈的回身，郭岳洋吆喝大家都先回社辦。

社辦門邊探出一整排的小腦袋，兩個社團的人都在看馮千靜會不會答應似的看戲。

「她不答應喔？」毛穎德果然知道他們在說什麼，嘿嘿的伸出手，「願賭服輸！」

「好啦好啦，我只是想說她會不會想要幫幫室友……」夏玄允從口袋裡掏出一百元交給毛穎德，「我們得找別人重新跑一次了。」

後頭跟著的何家瑢簡直不敢相信！賭？他們拿這個當賭？

「喂，你們是在賭什麼？這事很嚴重耶！」陳傳翰不爽的開口了。

「沒什麼，就賭馮千靜會不會答應幫你們玩一場。」毛穎德聳肩，「我賭她不會幫忙，還眞賭贏了。」

「這沒什麼好得意的好嗎！」何家瑢咬著唇，「她眞的不願意幫那我們能怎麼辦？」

「就找一個人玩一次囉。」郭岳洋說得輕鬆，「橫豎都得來一次的，這樣就能知道哪裡出問題。」

「最好是！」林宜臻不以爲然，「既然是一個人的捉迷藏，你們要怎麼知道出問題的地方在哪裡？除非……」

又有人死嗎？

「所以我去準備了有監視器的房間。」毛穎德把書包扔上椅子，「本來以爲這邊談得差不多，我們可以趕快去試一下的。」

咦？準備監視器？「那就表示……過程你們都看得見？」張成明嚥了口口水，不知道爲什麼安心許多。

「沒錯，這樣子既能觀察，又不違背一個人的捉迷藏。」夏玄允彈指，他們早算好了，「所有的道具都已備妥，就是萬事俱備，只欠東風。」

「就他們幾個挑一個吧。」毛穎德指指眼前的四個人，嚇得他們倒抽一口氣。

「我總覺得很危險啊，他們還沒從上一個遊戲脫身咧。」夏玄允搖搖頭，帶著微笑看向從櫃子那邊探頭過來的人，「還是西洋棋社或圍棋社有人自願——」

餘音未落，兩個社團十幾個人分別抓起包包火速逃出了辦公室，比飛還快。

眞是，都市傳說很可愛的啊，幹嘛大家都怕得要死的模樣！

「抽籤吧。」陳傳翰提出了建議，「總是要解決事情，我們四個人抽籤。」

大家緊張得面面相覷，但這是不容逃避的事實，所以只好點著頭同意了，只是林宜臻跟何家瑢嚇得特別嚴重，她們說要到外面做點心理準備，帶著零錢去自動販賣機買飲料，男生也就陪著去，這時間恰好讓夏玄允他們製作賭命籤。

「怎麼變寬了？」毛穎德一進來就發現了，「誰去跟西洋棋社談的？」

「馮千靜！」郭岳洋用欽佩的眼神說著，「她直接就搬動櫃子，一個人喔！都不必幫忙的就把櫃子搬開，這一個還得我們三個男生才搬得動咧！」

「身體果然很好。」毛穎德輕笑，「可惜她不願意幫忙。」

「可惜我覺得她最適合的說……」夏玄允也一臉無奈，正寫著那幾個人的名字。

「她可能會回來。」毛穎德突然這麼說。

「咦?」夏玄允跟郭岳洋同時站起身，雙眼皆熠熠有光的望著他，「說這話的根據是什麼?」

毛穎德愣了一下，「因爲我剛走出電梯時，沒看見她啊!她沒有往電梯的方向走去喔!」

咦?

叫她玩捉迷藏?眞是有病!什麼「都市傳說收集者」，光看那種喊口號的方式她就後悔跟他們接觸了，居然還敢叫她玩捉迷藏!

就算她不信邪，昨天半夜都遇到了那種情況，還死了一個人，怎麼可能還鐵齒下去啦!

這橫豎都知道那是不該去觸犯的東西，什麼都市傳說咧，她反而覺得邪門得像碟仙錢仙那種一樣，會動的娃娃體內有什麼亂七八糟的東西躲在裡面，要不然誰家裡的娃娃會走會開門會上樓梯，還會順便到廚房帶把刀?

馮千靜走進女廁，她不否認有點於心不忍，看何家瑢他們都怕成這樣，又做了可怕的夢，但是總不能拿自己生命開玩笑吧！雖然她應該是局外人……馮千靜看著鏡子裡的自己，但——如果是局外人，娃娃爲什麼要來找她？

如果眞的是「那個」，會不知道和室裡的人是誰嗎？會這麼容易搞錯？

她不安的嘆著氣，進入廁所把門掩上，拿下身上的背包往掛勾上掛去，下午水喝得太多了。

學校廁所都不算小，至少也有五間，明亮通風又寬敞，她聽著外頭有人進來洗了手，很快就走出去了。

廁所裡又恢復安靜，好像只有她一個人……噠、噠。

咦？馮千靜顫了一下身子，聽到了極其熟悉的聲音。

噠、噠、噠、噠，小小微弱的足音踏在地上，可以想像中那步伐不穩又蹣跚的樣子，歪歪斜斜的走著，噠、噠、噠、噠。

不可能的！馮千靜瞪著地板，她中午不是才把它拿回去還給警官嗎？保管證物的人是怎樣啊！

噠噠的足音經過了洗手台，她聽見踩到水窪的聲音，啪嚓的輕聲響，接著帶著水的足音繼續往廁所走來……她在第一間，照門進來後左拐的話，首當其衝的應該是第三間……足音靠近，緊接著馮千靜聽見了咿——

有人推開了門，的確就是第三間，在她隔壁的隔壁，然後噠噠音再起，往尾間那邊去，當下一聲「咿」，同時第三間的門砰的關上了！

她緊繃著神經，汗毛直豎，聽著那些開門關門響聲之際站了起來，「它」在確定每一間裡是否有人，就像捉迷藏中在找人是一樣的……最終聽著最末那間的門被推開，再砰的撞上……然後，腳步聲往這兒來了！

廁所只有多大？她能有什麼？馬桶刷嗎？背包裡有鐵製的鉛筆盒可以用……但是她現在不宜輕舉妄動，動到背包就會發出聲音，或是——啊，對了，馮千靜回身看著馬桶，她有水箱蓋，學校用的是瓷製蓋子，夠沉！

咿……隔壁間的門也被推開了，馮千靜趁著聲響將背包取下，向後退離了門邊，讓自己靠近馬桶水箱蓋，不知道爲什麼，她覺得自己的腳在發抖。

不許抖！馮千靜！不能爲這種事情害怕，她應該要無畏無懼，娃娃找的不是她！

噠，足音自隔壁傳來，只踏出一步，是否因爲五間有四間是空的，連它都知道這間有人了。

吱——某種尖銳物品劃上門的聲音傳來，馮千靜狠狠倒抽了一口氣，它還有空帶刀子來嗎？靠！會不會太專業了點！

但這聲響也引起了馮千靜的留意，聲音相當下面，她差點忘記如果是「它」，就只是個娃娃，自然只有二十公分高，在她小腿的位子！

所以，她要留意的是下方的位置！

噠，又跨出了一步，這麼近馮千靜幾乎都可以確定是那娃娃鞋底的聲音了！昨天半夜折磨她還不夠嗎？又來！外頭靜得讓人不舒服，沙沙聲跟著門板傳來，整個門板微微顫動，它在推門。

『嘻……』惹人厭的笑聲又傳來了，『在裡面嗎？我快找到妳了唷！』幽遠陰森，那詭異的聲音她怎麼可能忘得掉！馮千靜用力扭了自己手上的肉，馬的超痛，一切爲什麼都不是夢！

門開始被大力的撞擊，它是推不開的，身高也搆不到門閂，更別說這是由裡面上鎖的，它不可能開得了門！

馮千靜現在只想著它會不會刀劈開門，還有怎麼現在都沒有人要上廁所的啊！

刀尖在門上敲了兩下，剁剁，馮千靜瞪著門縫，看著小小的黑影從右緩緩走向左邊，雖說進廁所尚有一階，但與門縫的距離是不可能容得下那個娃娃擠進來的。

馮千靜瞪著門縫屏氣凝神，發現娃娃停了，小小的影子沒有再動彈，然後——它突然蹲下來了！

那雙塑膠圓潤潤水汪汪的眼睛，就塞在門縫裡望著她！

『找到了！』娃娃激動的喊著，『我找到妳了——』

說時遲那時快，娃娃的眼睛再度消失，馮千靜挪開了水箱蓋，隨時準備操起來當武器備用，但是，門縫下的影子不見了，門板上卻傳來沙沙聲響！

由下而上，偶爾伴隨著刀尖刺上門的聲音——沙沙沙、剁，沙沙沙、剁，聲音一路往上，來到了門的中段！

等等……馮千靜不可思議的順著聲音往上看，它、它在往上爬嗎？

喝！她倏地往上方瞧，向日葵想要爬到門上緣再翻進來嗎？開什麼玩笑啊，爲什麼上個廁所壓力要這麼大！

「你找錯人了！我沒有在跟你玩遊戲！」馮千靜忍無可忍，怒吼出聲。

沙沙沙……爬行的速度比走路快了許多，馮千靜退到了底牆，全神貫注的盯著門的上緣看，緊握著背包帶子——直到染血的草帽冒出門上緣，水汪汪大眼露出，然後是……裂到耳下的大嘴！

『我找到妳啦——』娃娃狂喜的尖叫著，右手的刀尖抵住門上緣，血盆大口猙獰的大笑，下一秒就要翻過來了。

馮千靜二話不說，立刻趨前扳開門閂，然後一腳踹開了門。「喝！」

『嗚呀——』娃娃趕緊攀住門板上緣，第一間的門板旁就是牆，它因著被踹開的門直接夾上牆，馮千靜走出來後還助它一臂之力，將門板緊緊的壓在牆上。

『我找到妳了，我明明找到妳了！』

「我沒有在玩捉、迷、藏。」馮千靜一字一句的說著，「你根本找錯人了。」

『找到了找到了！』娃娃瘋狂的吼著，腰際以下被緊緊夾住，雙手揮舞著，眼神凶惡、殺氣騰騰，右手的刀子不停的在門板上頭猛刺！

眞的是見鬼了！馮千靜做了一個深呼吸，冷不防的抓住了那娃娃的手與頭，直接往水箱裡扔進去，再蓋上水箱。

『嘎——換妳當鬼了，讓我刺、讓我刺下去，就換妳當鬼了。』

刀子在瓷做的水箱裡咚咚咚，她進入廁所先把自己反鎖在裡面，再俐落的翻牆而出，拿張紙條寫上故障，貼在第一間廁所外面。

她知道那個水箱困不了娃娃太久，但至少不要讓下一個進來的人嚇得魂飛魄散！娃娃只針對跟它一起玩捉迷藏的人……對，她雖然沒有一起玩，但不知道爲什麼娃娃非常確認的找著她。

咚咚咚的聲響不停，伴隨著水的聲音，在水箱裡迴盪著。

「啊——」她雙手置在洗手台上大吼著，到底爲什麼她會在遊戲之中!?

馮千靜掄起背包，筆直衝向了「都市傳說社」，何家瑢他們正緊閉著雙眼，準備從夏玄允掌心裡抽起紙籤之際，一個人影倏地跑進來，一掌擊在桌面上——

「快！我現在就要玩一個人的捉迷藏！」

「這是什麼鬼地方？」馮千靜瞪著牆上的攝影機，不爽的問著，一邊拿紅線縫合手上的老皮。

毛穎德帶他們來到一間家庭式的屋子，塞給她一隻老皮娃娃，何家瑢在旁邊指導她要怎麼用，把棉花取出，把指甲跟米倒進去，然後她正用紅線將老皮的開口處縫合。

「我們家啊！」夏玄允說得自然，「我們三個人租一層，一人一間房還有間空房呢！」

「有人在自己家裝監視器的嗎？」林宜臻疑惑的提出問題。

「嘿嘿，以防萬一嘛！」郭岳洋從浴室裡走出來，「水放好了，鹽水我也準備好了。」

縫合完畢，馮千靜把紅線纏繞在老皮的身上，「避難室呢？」

「有小佛壇，在我房間！」郭岳洋打開了廁所旁的房門，「這間就是避難間，鹽水在桌上。」

馮千靜抓著老皮往裡走，小小的神龕就釘在牆上，「這能叫避難間嗎？」

「心誠則靈！」毛穎德站在她後頭補充說明，「妳重點不要把順序搞錯，該做的要做！」

「知道啦！」她回應著，轉身向何家瑢，「好了，大家出去吧，想速戰速決。」

「也別太快啊，至少要按照時間來。」夏玄允慢條斯理的解釋，「至少要數十秒，才去抓鬼，然後再回避難室……」

「知……道……了……」馮千靜拉長音說著，「然後呢？你們從監視器看著我嗎？」

「等結束後就看得見，這是同步錄影。」毛穎德拿起手機，「電話號碼給我一下。」

結束後咧……馮千靜挑眉，「有你這樣要電話的？」

「誰跟妳要電話！我們是要保持通話，妳要把妳看到的都講出來！」毛穎德沒好氣的邊說，邊塞給她一個藍芽耳機，「這個戴著，設定一下。」

馮千靜在他的手機上輸好自己的號碼，設定藍芽後戴上耳朵，再用獅子頭毛髮蓋住，她扭扭頸子、拉拉筋骨，發出喀噠喀噠的聲音，突然讓人覺得有點可怕。

走到餐桌上，她拿起一把陶瓷刀，緊握在手裡。

「我準備好了。」回過身的她，堅定的對著大家說。

張成明跟陳傳翰跑得最快，一下子就衝出去了，何家瑢至少還交待她要小心，所有人一一的離開家裡，站到門外，而她將屋子的燈全部關掉，再打開32吋的大電視。

黑暗之中的電視看起來本來就有些令人不快，處在這種氣氛之中自然會更緊繃，馮千靜抓著老皮往浴室去，把它好好的放進去……感覺很像在溺死一個娃娃似的。

「就叫你老皮吧。」她說著，算是爲娃娃起了名。

然後她走出浴室，一個人端坐在沙發上，電視裡正在重播偶像劇，音量不大，男女主角正在吵架；馮千靜知道要從一數到十，她看著電視上的時鐘算著，一、二、三、四……

七……電視畫面突然出現波紋，扭曲著男女主角的臉龐。

『妳為什麼要逃呢？』台詞這樣寫著，『我明明找到妳了！』

十秒到了，馮千靜起身，緊握著刀子要往浴室去，只是才旋過腳跟，電視裡的女主角突然斷口出聲：『馮千靜！就快換妳當鬼了！』

咦？馮千靜倏地回身，看著電視扭曲得嚴重，雪花波紋讓人看不清楚男女主角的臉，但是那笑聲依舊。

『會找到妳的！明明就換妳當鬼了！』

「聽見了嗎？」她沉著聲說，頭髮裡的藍芽接收度應該很好。

『聽見了。』那是毛穎德的聲音，『妳去浴室了沒？』

「正在走。」她邊說邊走進昏暗的浴室，老皮依然躺在水裡，她深吸了一口氣，「老皮，我找到你了。」

一刀刺進去，起身。「老皮，換你當鬼了。」

她不急不徐，從口袋裡拿出條長繩，就往門把上一掛，這才走出浴室，前往郭岳洋亮著的房間。

電視裡的畫面恢復正常，女主角正在哭，馮千靜始終全身緊繃著，進入房間，上鎖後，靜靜的跪坐在地板上，神龕下。

「我就位了。」

『好，等待一分鐘吧！』毛穎德接著說，『要出去結束遊戲前，務必含著鹽水。』

「嗯，從現在開始你們都不要說話，我要仔細聽外面的狀況。」馮千靜這麼說著，竟把藍芽取下了。

她剛在門把上掛了鈴鐺，繩子很長，鈴鐺垂在下方，浴室的門刻意幾乎掩起，就算老皮再扁，通過一定會發出鈴聲！

她也回憶過從何家瑢他們開始玩這遊戲的細節，至少她還在家時，就發現木梯上有水痕，那是第一次玩時就有的，如果真是娃娃的足跡，就表示無論如何它們都會走出來找人才對。

她記得何家瑢那時待了兩分鐘，所以她在和室的時間超過十秒……叮鈴！

馮千靜跳開眼皮，鈴鐺響了！

她人就貼在門邊，呈單膝跪地的姿勢，並且隨時可以起身的準備動作，老皮跟娃娃不同，沒有皮革的硬底鞋，所以走起路來很難聽見有聲音；但是，電視的沙沙聲變得越來越頻繁，角色的說話聲卻越來越清晰。

『下一個誰當鬼……怎麼大家都不見了？』

『會找到的、一定會……誰都休想躲！』

最後的尖叫聲跟平常不一樣，細而尖，不是平時娃娃那種陰森的低沉聲調；馮千靜看著門縫有影子閃過，有了女廁的經驗，她巧妙的躲在旁邊，不讓老皮也有機會從門縫反偷窺。

門外的毛穎德什麼都沒聽見，輕聲喚了兩聲沒回應，看著時間超出預定，開始有點急躁；夏玄允要他冷靜，遊戲的大忌是中斷，任誰都不能貿然的衝進去。

叮……第二聲鈴鐺聲傳來時，馮千靜站了起來。

左手拿著鹽水杯子，喝了一口含住，右手拿著一條繩子，緩緩的打開門。

白牆上反射的電視裡閃爍的燈，冰藍色看上去徒增詭譎，她看著地板上未乾的水痕，沙發邊郭岳洋刻意灑上的粉已被足印攪亂，筆直走到浴室門口，充滿戒心的踹開門板，老皮仍躺在浴缸裡。

只不過剛剛它是躺在左邊角落，現在是趴在右邊。

杯中鹽水往老皮身上淋去，再把嘴裡的鹽水噴向它，馮千靜抹了抹嘴，眞是鹹死人了，「遊戲結束了。」

第六章 火焚娃娃

她把老皮往水裡推去，取過應該插在它身上，現在卻在浴缸底下的刀子，轉身把浴室燈打開。

「遊戲結束了。」她重新戴上藍芽說著，一邊將屋裡的燈全數打開，瞥了正常的電視一眼，現在倒是一點雜訊也無。

她主動拉開木門，外面的人才敢進來，所謂「都市傳說收集者」最快衝進來，郭岳洋立刻往地板看去，他們灑的那片玉米粉。

「噢噢噢！真的有耶！」夏玄允超興奮的，「馮小靜，不是妳踩的吧？」

「不是！」馮千靜正式吁了口氣。

何家瑢他們戰戰兢兢的往裡瞧，卻不太敢進來的模樣。

「一切都沒事嗎？」林宜臻咬著唇問。

「我現在是沒事，但……到底是誰發明這個遊戲的？」她沒好氣的把自己摔進沙發裡！「根本沒事找事做，硬要召喚一些有的沒的前來！」

夏玄允一溜煙跑進房間看監視器，郭岳洋很認真的在拍「現場照片」，何家瑢他們四個人不安的坐下，既期待又怕受傷害的等待馮千靜剛剛的「心得」。

毛穎德到廚房冰箱裡拿出一些飲料請大家喝，放下可樂時，瞥了馮千靜一眼，明顯的示意她到廚房來。

「我想喝熱的。」她領會起身，往廚房裡走去，「毛穎德，有沒有什麼可以沖泡的？」

「有，我幫妳。」他跟在她身後進入廚房，客廳就丟給郭岳洋。

「你們看，眞的有腳印耶！老皮眞的出來過了！」郭岳洋興高采烈的說著，只是讓沙發上的四個人聚得更緊。

廚房是細窄型的，一進去左手邊是流理台跟瓦斯爐、廚櫃等等，右手邊是牆面，通往陽台的門敞開，只有紗門閂著，冷風颼颼的刮進來。

「門把上的鈴鐺妳掛的？」毛穎德打開廚櫃立刻就問。

「嗯，我進避難間後大概三十秒左右，鈴鐺就響了，浴室門幾乎是關上的，只差沒靠緊，所以鐵定是老皮走出來。」馮千靜皺著眉迅速的說，「在屋裡差不多一分鐘左右，又走回浴室，位子還跟我一開始擺的不一樣，連刀子都取下了。」

「一分鐘……」毛穎德沉吟著，「我吹風機拿出來了，妳去把老皮吹乾，等等我們燒掉。」

「你在手機那邊有聽到什麼嗎？」馮千靜取過杯子，故意發出有點大的聲響。

「很少，至少聽不到鈴鐺聲。」毛穎德指著廚櫃裡，「要喝什麼我幫妳用，妳去處理老皮。」

馮千靜仰頭看去，哇了一聲，還眞是什麼都有啊！「SWISSMISS也有啊，那我要喝，半糖，全熱水，冷死了。」

她輕輕拍了毛穎德的肩頭一下代表謝謝，轉身才要走出廚房，卻突然停下腳步……嗯？她蹙起眉，倏地回身，看向紗門外的角落——一個影子咻的閃過，她瞪大眼就想要追出去。

毛穎德飛快地伸手攔住她，「不要過去。」

「……你有看到什麼嗎？」

「沒有。但看妳這樣子就覺得有怪怪的。」毛穎德二話不說上前，把木門給關上。「現在在這裡好好的，不要沒事出去找事做。」

馮千靜沉默數秒，好不容易才喔了聲，「逃避眞是好方法厚！」

「這叫靜觀其變！」毛穎德挑了挑眉，把她往外推，「快點去吹乾老皮！留得久就夜長夢多！」

「呿！」她沒好氣的走出來，發現夏玄允還窩在房裡，到底兩分鐘的影片是要看多久？

吹風機果然放在茶几上了，她到浴室把被捅一刀的老皮拎出、擰乾，用毛巾包裹著走到客廳，準備把它吹乾；只是才拿出來就引起何家瑢一陣驚呼，他們四個人擠到兩人沙發座位上去。

「怕什麼！這是老皮，已經結束了，又不是妳家向日葵。」馮千靜坐下來，打開吹風機吹著，「吹乾燒掉，我們得做徹底一點。」

「向日葵拿不回來啊！」何家瑢很介意這點，「所以它才會窮追不捨。」

「它窮追不捨是因爲遊戲沒有結束！」夏玄允終於步出房間，「呼，我看完監視錄影帶了。」

「怎麼樣？老皮眞的有出來嗎？」陳傳翰緊張的問。

「看不見，一片雪花畫面，被遮掩了。」夏玄允兩手一攤，「我試了許多復原方法都沒辦法，打從馮千靜一打開電視後，就一片模糊了。」

毛穎德端著巧克力走來，「沒關係，現場的足印算是證明了。」

「我確定老皮有走出來，就跟妳當初玩第一棒時，娃娃一定有走上二樓去找妳是一樣的道理。」馮千靜斬釘截鐵的對著何家瑢說，「它們先找一圈，找不到就回去……老皮躺的位子也不一樣。」

「所以當娃娃當鬼時，它還是會出來找人……問題出在讓娃娃動的是什麼東西。」夏玄允聲音不知道在飛揚個什麼勁，「蔡欣妤同學應該就是被找到了！」

「天哪！」林宜臻立即嚇到哭了起來，抱著何家瑢猛發抖，「可是就應該結束了啊，爲什麼……爲什麼娃娃還繼續追著我們？」

「也追著我吧！」馮千靜沒好氣的抱怨，「剛剛黑暗中，電視雜訊嚴重到不行，人的臉都扭曲成猙獰，對白還會變成：換誰當鬼……毛穎德有聽見！」

「錄下了。」他點點頭，換來大家一陣驚愕。

「而且，電視裡還指名道姓。」馮千靜轉向何家瑢他們，「馮千靜，應該換妳當鬼了！」

「咦？」四個人倒抽一口氣，「怎麼可能！妳那時不在啊！」

啊……唯獨何家瑢怔了一下，眼神閃爍，有事情過了她腦子。

「何家瑢？」夏玄允看見了，堆滿微笑望著她，「妳是不是想起什麼了？」

「我不確定……但是……」何家瑢咬了咬唇，很尷尬的看著馮千靜，「在玩之前，蔡欣妤有問說……娃娃可以取認識的人的名字嗎？」

馮千靜瞇起眼，掐著老皮的手更緊，「然後呢？」

林宜臻也啊了聲，「對，我說不許用我的名字……」

「然後她開玩笑的說那就叫不在場的人好了……」陳傳翰接口接得順溜，

「馮千靜……」

蔡欣妤把娃娃，起了她的名字！

「有沒有搞錯！」馮千靜立刻站了起來，「我就知道有問題！爲什麼我沒在玩遊戲，娃娃死追著我不放，還指名道姓——」

「唉唉唉！」郭岳洋立刻擋到他們中間，「小靜，妳對他們生氣沒有用啊，是蔡欣妤的問題嘛！」

「王八蛋！」馮千靜破口大罵，這簡直是無妄之災！

她用力的坐下，氣忿的掐緊老皮一邊吹乾它，無緣無故把娃娃起她的名字做什麼啊！所以才會應該要換她當鬼嗎？

「這樣子就可以解釋爲什麼娃娃會找上妳了……所以——」夏玄允認眞的組織著，「蔡欣妤把娃娃取名叫馮千靜，然後她先當鬼，再換娃娃當鬼，最大的可能就是娃娃找到蔡欣妤並且刺入一刀，所以——」

「現在換蔡欣妤當鬼，她必須找到馮千靜。」毛穎德做了完美的結論，帶著同情看向馮千靜。

她怒不可遏，但是又想到不對勁的事。「等等，蔡欣妤會不認得我跟娃娃的分別嗎？她應該去戳娃娃啊！爲什麼是那個娃娃來找我呢？」

按照邏輯來看，像是馮千靜在找馮千靜？

這讓大家陷入沉思，郭岳洋趕緊回到茶几邊寫著會議紀錄，並且規劃出關係圖，張成明再三強調遊戲那天已經結束了，無論如何不該會再找他們的麻煩，剛剛的遊戲過程中，到底哪裡出錯了？

馮千靜完美的完成一個遊戲，何家瑢、林宜臻跟陳傳翰都完成了，爲什麼一樣的步驟，偏偏蔡欣妤出了錯？

馮千靜凝視著手裡的老皮，蔡欣妤應該跟她一樣，拿著鹽水、口含鹽水去找娃娃，爲什麼反而被找到？

「含鹽水是什麼意思？」她丟出問題。

「驅邪，所以要結束時才會口含鹽水避邪，然後對著娃娃潑灑再口噴。」夏玄允回答得專業。

就像她剛剛爲老皮——馮千靜一顫身子，她關上了吹風機。「啊！」

「啊？」大家迫不及待下文。

「我知道問題出在哪裡了……」她看向夏玄允他們，「遊戲沒有結束！」

「怎麼可能！」何家瑢立即否決，「步驟是我做的！我跟警官說了這個遊戲後，警官寧可信其有的讓我結束這個遊戲，DNA也列入考量，鹽水是張成明調的，我們全部在場，警官也能作證……」

「問題是，鬼不是娃娃啊。」馮千靜打斷了她激動到快哭的話語，緩緩說著。

「什……什麼？」

「那時候的鬼，已經是蔡欣妤了。」

要噴鹽水，是要對蔡欣妤噴啊！

「該死。」夏玄允站了起身，「這樣子更確定遊戲不但沒有結束，還被中斷了！」

郭岳洋飛快地拿出「一個人捉迷藏」的遊戲規則，這個遊戲最大的禁忌，就是不得中斷遊戲啊！

最下面一行血紅的字，斗大的寫著：中斷遊戲，後果自負！

冬日陰霾，深藍夜色透不出一絲星光或是月光，現在發亮的只有眼前豔橘色的火光。

大鐵筒裡的火燒得正旺，郭岳洋認眞的燒了好些紙錢，讓火舌吞噬著空氣。

「差不多了。」夏玄允探頭看著，「應該足以燒掉老皮了。」

「嗯。」馮千靜手握著老皮，沒有猶豫的就扔了進去。

鹽水潑錯人了。

這是個天大的失誤，大家的重點都放在娃娃身上，沒有人去思考當蔡欣妤被一刀刺進胸口時，就已經換她當鬼了！所以結束的動作應該是對蔡欣妤做、遊戲也尚未結束，而何家瑢他們進入、尖叫、報警，這一切都打斷了遊戲。

這個事實讓所有人震驚，也讓大家恐懼，遊戲仍舊在進行中，而目標竟然是馮千靜。

沒有人知道遊戲中斷的後果是什麼，而打斷遊戲的何家瑢他們，又會發生什麼事？這讓大家惶惶不安，何家瑢他們四個決定聚在一起，形影不離的相互支持，原本邀馮千靜一起，但是她拒絕了。

她不認爲大家聚在一起會好辦事，她自己一個人比較放得開。

「如果是蔡欣妤，爲什麼是那隻娃娃到處跑？」馮千靜看著老皮被火燄吞沒，「而且目標是我，何家瑢他們怎麼會都做惡夢？」

「基本上那個娃娃裡面是什麼，根本沒人知道吧？」夏玄允聳了聳肩，「說不定是蔡欣妤的靈魂也跑進去了？被吞掉了？誰曉得你們招來了什麼？」

「他‧們。」馮千靜拼命壓抑著怒火，「所以變成那個娃娃體內是什麼都是未知數，可能召來邪惡的東西，現在它想完成遊戲，第一個找上我。」

「居然會把娃娃取上認識的人名……」毛穎德冷冷笑著，「眞是匪夷所思……」

「她不知道嚴重性吧？我跟他們認識不到半小時，蔡欣妤可能只是覺得有趣。」馮千靜不是肚量大，是現在氣一個死者於事無補，「那個娃娃一直跟著我不放，刺中我的話，就換我當鬼嗎？」

「那可眞是倒楣。」毛穎德很認眞的點點頭。

可不是嘛！倒楣透頂了她！「我看何家瑢他們也不可能全身而退，可以的話就不會做夢了。」

「他們人咧？我以爲大家會留下來商量一下對策的，或是破解法什麼的。」

郭岳洋再添了些紙錢進去。

「蔡欣妤的爸媽要告他們，他們今天晚上要過去調解跟求情。」馮千靜嘆了口氣，「我能理解父母的心情，但蔡欣妤也是自願玩的，眞的什麼都要怪別人，那我是不是也可以告蔡欣妤把我推入險境？」

「妳不能，因爲她已經死了。」夏玄允倒是說得中肯。「我如果是妳喔，應該是要先擔心晚上吧？」

「我睡在佛堂裡，我才不擔心今天晚上，我擔心的是以後無時無刻是不是都要戒備著那個拿刀的娃娃！」馮千靜終於還是忍不住，低吼出聲。

夏玄允跟郭岳洋互看一眼，他們有些尷尬的看向她，「小靜，妳有不滿就發洩出來，不必CARE我們。」

「我要眞發洩你們招架不住啦！」她咕噥著，「喂，都市傳說社！有沒有破解法啊？」

「沒有。」夏玄允回得太迅速，「我們第一次遇到玩捉迷藏的例子哩，而且也第一次遇到玩都市傳說玩出人命的……不知道現在對蔡欣妤噴鹽水有沒有用厚？」

「應該來不及吧！遊戲被打斷了。」郭岳洋喃喃的看著本子，「不過我還是覺得怪怪的……找小靜整個不太對勁，還有蔡欣妤被抓到的過程也是個謎。」

「這有什麼好謎的，就是報應啊！」毛穎德依然在旁邊說著無情的風涼話，「莫名其妙去玩這種邪門的東西做什麼？自作孽！」

「你說話很難聽耶！」馮千靜直接衝著。

「因爲都是實話。」毛穎德兩手一攤，「我跟他們又不認識，不必帶什麼虛僞的包裝跟同情，簡單來說就自尋死路，怪誰！妳才倒楣，天大的無妄之災。」

馮千靜扯了嘴角，「實話還眞難聽……我要回去了，你們如果想到什麼再跟我說。」

「嗄？」郭岳洋跟夏玄允同時跳了起來，「妳還要回去？」

「嗯啊，廢話！」馮千靜還覺得他們奇怪，「那邊有個佛堂我不去，我去哪啊？」

哦……說得也是啊！沒有比睡在避難間更好的地方了，尤其又是佛堂，基本上就是娃娃找不到的地方。

夏玄允緩緩點著頭，這眞是令人激賞的案例，這場捉迷藏還有得玩了。

馮千靜離開廚房要去沙發揹包包閃人，只是才踏入客廳，卻聽見左手邊的浴室傳來水聲……她狐疑側首，浴缸的水還沒放掉嗎？怎麼好像有東西在裡頭晃動的聲音？

身後的紗門開了，毛穎德走了進來，她立即打直右手臂往後張開大掌，示意他不要前進。

唰唰……水聲明顯的傳來，毛穎德也聽見了，就見馮千靜飛快的跑到浴室門邊，他則立刻退進廚房，退到浴室視線範圍之外。

叮……鈴鐺聲響，在陽台上的夏玄允跟郭岳洋都怔住了。

噠噠……小小的身影走了出來，馮千靜再往旁邊閃躲，看著背部全是血汙的娃娃因爲吸了水，更加吃力的走著，裙子不停地滴水。

『在哪裡……』它的手上，握著老皮那把刀！『馮千靜在哪裡呢？』

在你身後啊，馮千靜擰緊眉心，小心的跨出一步……再一大步……娃娃噠噠的往前，但速度突然趨緩……

電光石火間，它倏地就轉過來了——『找到了！』

那應該可愛的五官現在是猙獰的邪惡，沒看過布娃娃還有滿口利牙的，就見娃娃擎著刀子大笑大吼，蹬地一躍就要朝馮千靜衝了過來——不過她更快。

她衝上前在半空中截住娃娃，左手扣住它擎刀的右手，右手則抓住它的身體，沒有稍停的往陽台去，「都給我滾開——」

紗門大敞，夏玄允等三人早就退到陽台另一邊去，刻意把紗門固定住，還把燃燒中的鐵桶擱在門口。

「你給我看清楚，我不管你是蔡欣妤還是什麼東西，我是馮千靜，但是我不是玩遊戲裡的娃娃！」馮千靜與娃娃對抗著，這娃娃的力氣大到根本不像話，

「你一開始就找錯人了！」

『當鬼，全部都要當鬼！』娃娃咬牙切齒的拼命揮舞刀子，『你們怎麼可以扔下我一個人！』

「水！」毛穎德上前餵她喝鹽水，馮千靜喝了含住，再如法炮製的朝娃娃噴灑鹽水，「你已經死了，早該是鬼了。」

毛穎德幫她想抽起娃娃的刀，才發現娃娃氣力超級大，合他們兩人之力好不容易才奪下刀子，娃娃張牙舞爪的利用無骨的身體想要咬下馮千靜的手，她卻陡然一鬆……

睨著娃娃落進了火裡。

「快點！」夏玄允跟郭岳洋趕緊上前，把紙錢丟進去燒，丟得又兇又急。

『嘎啊……還沒完，遊戲還沒結束——』娃娃在裡頭嘔啞嘈雜的尖吼著，『你們全部都要當鬼，全部——』

劈里啪啦，火燒著那小小的娃娃，蓋上蓋子，毛穎德吆喝著大家進屋去，留在那邊感覺就是不舒服，馮千靜也被拉進了屋裡，隔著那道紗門，看著橘色的火竄燒，火燄裡彷彿有著怒吼的臉龐在扭曲。

「然後呢？」她沉穩的問著。

「燒掉就好了，化成的灰我想拿去廟裡。」郭岳洋好像對這方面挺懂的。

「要拿去時跟我說吧，一起去。」她說著，從口袋裡摸出手機，傳了LINE給何家瑢，告訴她，向日葵燒掉了。

按下傳送後，她抬起頭，居然像是在發呆。

「小靜？」夏玄允狐疑的喚著，「哈囉~小靜！」

「我叫馮千靜！不許叫小靜。」她微回首，不悅的說著，「我覺得有點空虛，這樣就結束了嗎？好像太容易了點？」

「眞有趣，妳希望複雜點嗎？」毛穎德啼笑皆非，「事情能這麼快解決應該要謝天謝地吧！」

嗯……馮千靜歪著頭，說不上哪裡不對勁，「我不是喜歡麻煩，只是覺得……如果這個傳說召來的是不乾淨的東西，好像解決得太輕易了。」

「不輕易啊，火燒，也按照遊戲規矩做足了。」郭岳洋持不同看法，「除非有什麼變化，要不然應該正式結束了。」

「呸呸呸，什麼變化！」夏玄允趕緊摀住他的嘴，「小……馮千靜，妳別聽他亂講，他是說萬一、萬一。」

「是嗎？唉，就當這樣吧，這要感謝娃娃的鍥而不捨！可以追我追得這麼緊。」她都很想問，娃娃到底是怎麼跋山涉水找到她的，「好了，我想先回去了。」

毛穎德微挑了眉，「事情告一段落的虛脫感，覺得累嗎？」

「煩。」她回首，濃眉一揚，「蔡欣妤的遺體還沒火化前，我可放不下心。」

喔喔，夏玄允轉了轉眼珠子，「那可久了，好像還沒調查清礎！她就算火化也沒用吧，不算結束！妳剛剛做的才是正確的。」

「隨便。」她沒耐性的揮揮手，逕自離開了夏玄允他們家，才出門手機就響起了，不必擴音夏玄允他們都可以聽見電話那頭的尖叫聲。

『妳說眞的假的？妳燒掉向日葵了！』何家瑢拔高的聲音喊著，接下來是四個人的歡呼，『妳眞的太讚了！馮千靜！我愛妳！』

馮千靜搖了搖頭，不知道爲什麼她高興不起來，回頭跟夏玄允他們示意道別，順道把鐵門帶上，她一個人進了電梯，電話那頭還在尖叫。

「喂……我覺得小靜帥呆了。」郭岳洋由衷的說。

「英姿颯颯，一舉手一投足都超威的。」夏玄允深表贊同，「跟外表超不合。」

「要我說就三個字：」毛穎德冷笑一抹，「裝、很、大。」

三個男生目送著她離去，再往陽台的火光看去，夏玄允跟郭岳洋露出興奮的笑容，急著想衝過去。

「都給我站住！」毛穎德一手逮一個，「等它燒完再去不行嗎？有這麼急？」

「我們想要收集都市傳說的證物嘛！」那個娃娃燒掉就太可惜了。

「不許！」

第七章 誰找到了誰

這天晚上，有四個人欣喜若狂。

他們甚至在跟蔡欣妤的爸媽調解未果之後，還能難掩興奮的再打了電話給馮千靜，再三確認是不是眞的燒掉向日葵了，然後輪流講電話跟她道謝。

馮千靜一直開心不起來，她老覺得心中有東西梗著，說不上來，但就是不覺得鬆一口氣；回到家裡依然只有她一個人，她上去佛堂換水換水果，再走回客廳一個人運動打坐後，遲疑的走進浴室洗澡。

現在看著浴缸都會不太舒服，她會想到躺在水裡的娃娃。

火速洗完就衝出浴室，眞是莫名其妙，娃娃都燒掉了，她反而更加介意！走到客廳，就會盯著地板曾有著人形框的地方，蔡欣妤就倒在這裡，她記得木門一開就能看見她。

唉，她得平靜，昨晚已經夠難熬了，晚上一定要好好的……

叮——刺耳的電鈴聲突然響起，擾得她一陣驚叫！「哇！」

她瞪著對講機瞧，胸口起伏得嚴重，覺得自己實在大驚小怪，就有人按電鈴嘛！

「喂？」她狐疑拿起對講機，看著螢幕裡的人，有點錯愕，「你來幹嘛？」

『宵夜！』螢幕被一個大大的袋子擋住。

馮千靜遲疑了幾秒，回首看著冷清的屋子，她現在的確需要點人氣，所以她按了開門鈕，然後打開門等著客人上樓。

才開門沒兩秒，對門的鄰居也開了門，看見她時有點錯愕。

「啊妹妹，妳那A底家？」阿姨眼睛瞪得超級大。

「啊？我住這裡啊！」馮千靜不明白這個問題。

「不系啦，啊不是出事了？妳怎麼還住在這裡？」阿姨很緊張問著。「啊何先生他們咧？」

「他們不住這裡，現在只有我住。」馮千靜聽懂了，一笑置之，「我沒別的地方去啊，我就跟他們租屋，所以繼續住！」

「夭壽喔，按呢妳也敢住喔，妳同學不是出代誌？」阿姨用一種既困惑又佩服的眼神看著她，「係供你們那天是按怎，吵吵鬧鬧，卻突然發生意外？」

馮千靜懶得回答，只是聳聳肩，「嘿呀。」

電梯開啓，意外的訪客是毛穎德，他看見她時愣了一下，接著發現她正在跟對面的鄰居聊天！

「厚，男朋友喔！」阿姨果然立刻接這個答案。

「噗……同學啦！」馮千靜催促著毛穎德趕快進去，電梯裡也有鄰居在輕笑，「晚安厚，掰掰。」

她火速的把門給關上，眞可怕，老是有人愛問東問西加亂點鴛鴦譜。

「這棟好像不是給學生住的耶，我剛遇到的八樓也不是學生。」毛穎德走進屋裡，就站在門邊，「看見我按四樓，也問了一堆。」

「有人不八卦不問人隱私會很痛苦。」馮千靜無奈的靠著木門，「無事不登三寶殿，你怎麼知道我住這？」

「問何家瑢就知道了。」毛穎德指著地板，「這裡是現場嗎？」

他指尖的方向正是蔡欣妤陳屍之處。

她點點頭，也走了過來，「頭向茶几，身體跟門是垂直的，所以你的位子可以跟她眼神交會……她沒有闔眼。」

「嗯……磁磚縫隙顏色都是深的。」血泊漫流，全吸進水泥毛細孔裡，要洗淨太難。「佛堂在哪？」

馮千靜不解的皺眉，「你來我家勘查現場啊？」

「檢查一下。」他把手上的宵夜遞過去，「給。」

「我不能吃宵夜啦！」馮千靜接過袋子，嗚~好香喔，是熱騰騰的滷味耶！

她隨手先把滷味擱在茶几上，指向沙發後的牆，「在樓上，樓梯就在牆後。」

毛穎德觀察了一下環境，門開在中間偏右，一進來右手邊就是客廳，左手邊連結餐廳，其實整塊地相當寬敞，最左邊則是廚房跟一間房間，十一點鐘的角落是浴室。

沙發後的白牆嵌著樓中樓的樓梯，中間這片空地挺大的，從茶几到餐桌，可以想像一群人在這兒興奮的玩一人捉迷藏時的模樣；馮千靜領他走上階梯，不過沒走幾步，她突然回身。

「帶不認識的人參觀很奇怪，你到底要檢查什麼？」她充滿戒心的問。

「眞無情，我們同一個社團耶！」毛穎德笑了起來，「都讓我進來了，現在才想到這個！我如果不安好心的話，妳……」

「你就死定了。」馮千靜一字一字、面無表情的說著。

唔……毛穎德愣了一下，剛剛一瞬間他覺得有殺氣！

馮千靜繼續往上走，樓梯十數階，沒有轉彎直抵一扇不鏽鋼門，推開後又是另一間寬大的五樓，只不過因爲何家弄成樓中樓的關係，所以樓梯硬設在中間，不像樓下是一整片的寬廣。

其實門推開時，就可以看見位在正前方的和室與佛堂，正門的紙門是敞開的，線香裊裊，走上五樓後回身，後面都已隔間起來，略顯昏暗。

「好像把這裡當儲藏室啊，沒什麼人住的感覺。」毛穎德回身看著，「有些陰暗。」

「本來就不常用，但我住進來後會打掃，燈都點亮就不會暗了，只是五樓就我一個，不需要。」馮千靜自在的往前走，「喏，佛堂。」

「妳就是住這兒？」毛穎德站在和室前，有點狐疑，「有點寒酸吧？讓妳跟佛堂睡在一間？啊連台電腦都沒有！」

「這是臥室，我睡不慣彈簧床！」她沒好氣的指指樓梯一上來左手邊的房間，「那間才是書房，我都在那間唸書，然後晚上睡這兒。」

「哦……」毛穎德觀察著和室裡的神壇，果然是供奉了不少東西，「我可以進去嗎？」

「脫鞋。」她邊說，逕自先脫鞋，踩上了和室。

毛穎德照做，但是當一隻腳先踩上門外那片木板時，看見了所謂刀痕，他彎下身用指尖感受，還眞的是刻進去的咧。

「娃娃昨晚刻的？」他看向整條木板，無一遺漏。

「嗯，它只能用刀子在上面劃，紙門倒是沒有破壞。」馮千靜說著打了個呵欠，「想到昨晚我就覺得累。」

毛穎德走進和室，在神壇前雙手合十拜了一下，然後仔細看了看上面供奉的祖先或是神像，微微一笑。

「這裡真舒服，供奉的神像裡是真的有神明居住，所以能保護妳，那種東西怎麼敢越過紙門。」毛穎德滿意的笑著，從口袋裡拿出一個迷你的彌勒佛，擱在桌上，「送妳，也擺在上頭，平時的供奉法就可以了。」

馮千靜有些困惑，她望著彌勒佛，「這有用嗎？」

「有，散發的氣很舒服而且很強大。」毛穎德旋過身，從和室往外望，「說實話，這整間屋子兩層樓，只有這裡是OK的，其他陰氣重重、戾氣很重！」

嗯？她是不是哪裡聽錯？「我怎麼覺得你在講……你不信的東西？」

「啊！」毛穎德回首笑笑，「我感應得到，一點點，但至少知道陰邪跟正向的氣場。」

「嗄？那你早上說什麼……怪力亂神，你才不相信那種東西！你是不是夢遊……又是怎樣？」有沒有搞錯啊？毛穎德打從一開始連「都市傳說」都不信耶！

「我能怎麼辦！妳自己看看夏天那個樣子，他迷陰陽界跟都市傳說迷成那樣，我如果告訴他我感應得到，那還得了！」毛穎德沒好氣的走向和室，「擋一個夏玄允已經很麻煩了，現在還搭上一個郭岳洋……我要沒盯著，他們每天都會想叫碟仙出來一起吃飯！」

哇塞！馮千靜跟著離開和室，毛穎德走到她書房外頭，經過她的同意打開巡視一圈，也是搖了搖頭，看來也不妙。

「所以夏玄允不知道你……看得到？」馮千靜問著。

「嗯，不能讓他們知道，請妳保密！」毛穎德邊說邊下樓，「一旦讓他們知道，他們什麼禁忌全部都會玩一遍！」

「你又不是驅魔道長！」馮千靜嘖了一聲，「不就只是感應得到嗎？」

毛穎德啪的一彈指，「夏天有妳這麼明理就好了！」

這不是明理不明理的問題吧！夏玄允那個人不知道是瘋狂還是太天真，對這類事情總是好奇心旺盛的躍躍欲試，不是說自己是什麼「都市傳說收集者」嗎，感覺是立志要把所有都市傳說都收集起來的感覺……馮千靜想著，下意識打了個寒顫。

「我有點同情你了。」她由衷說著，直接窩到沙發上去，滷味香氣太濃，害得她食指大動，晚上都隨便吃吃，搞得現在肚子也餓了。

毛穎德繼續探查整間屋子，馮千靜則已經嗑起滷味來，就見他東看看西看看，最後站在角落的浴室門口卻沒有進去。

「這裡眞是壓得人喘不過氣。」他嘆口氣，旋身走回來，「眞虧得妳可以住在這裡，沒感覺的人眞好。」

「是什麼壓得人喘不過氣？你看得到……阿飄嗎？」馮千靜瞠圓著雙眼問。

「有時候看得到，不是常常，我就說是一種感覺了。」毛穎德沒好氣的說著，「像在我眼裡，客廳整個黑氣森森，日光燈也不亮，在地板之處還有紅黑色的氣體，至於那個角落——」

他指向從客廳看不見的廁所處，「基本上從餐桌開始就是黑幕重重，實心到什麼都看不到。」

「哇……」馮千靜轉了轉眼珠子，「我這兩天眞是算開眼界了，遇到了會動的娃娃，還有敏感體質的人。」

毛穎德看著把百頁豆腐一口塞進去的馮千靜，挑著嘴角，「妳不太信對吧？」

「嗯啊，以前不太信，因爲沒遇過，而且我老爹告訴我正氣凌駕一切，我沒惹事就不必怕。」她聳了肩，「現在遇到了也知道了，不過逃避不是我的作風，再說了……娃娃都燒掉了——」

她的話停下了，講到娃娃都燒掉了，那剛剛毛穎德說的整間陰氣重重是哪裡來的？

「還有東西沒走吧，不然就是死者的冤氣未散。」毛穎德知道她在想什麼，「也是覺得不安才過來看一下的。」

馮千靜嚼著滷味，一口接著一口，卻若有所思，「我就是覺得平靜不下來，不像何家瑢他們興高采烈的咧。」

「他們不懂，不懂有時才可怕……隨便在網路上看到什麼就載來玩……」毛穎德皺起眉，「結果夏天他們兩個也是一樣！只是夏天比較懂，不會輕易冒險。」

「那他還說要收集都市傳說？」這哪門子理論。

「收集又不一定要自己做，別人也行啊，不然妳以爲他搞個『都市傳說社』幹嘛？」毛穎德一擊掌，「看看，社團才成立就有人玩捉迷藏了不是？要找蠢蛋眞是太容易了。」

「喂，口德！」她指指地板，這邊死了一個人好嗎？

「實話。」他說話向來這樣，總是先把感情同情這種東西扔到最後面，見面幾次馮千靜其實就知道了。

她抱著滷味吃得很開心，五分鐘後才想到對面還有個人在，人家還是買滷味來的好心人咧。

「欸，要不要吃？我去拿盤子。」

「終於想到了喔！禮貌眞足……」毛穎德倒也不客氣的說著，「不必啦，我是買來給妳吃的。」

馮千靜瞪著他，這人講話眞的很難聽，「謝謝喔！」

「不客氣。」毛穎德挑了挑眉，「吃完快點去和室，我要是妳啊，最好都窩在裡面。」

馮千靜無所謂笑著，反正她又感應不到！

手機傳來LINE的聲響，她一一檢視著，毛穎德回首再度凝視著角落的廁所，全身汗毛直豎，雞皮疙瘩從進門就立正到現在，眞是可怕的地方。

「何家瑢他們居然在開PARTY……這是哪門子想法？全窩在陳傳翰那邊吃宵夜喝冰火。」馮千靜嘆了口氣，「蔡爸爸還沒放過他們咧，這麼放心？」

「因爲最恐懼的事物不在了吧！怪了，何家瑢不是都住在林宜臻那邊嗎？」

「林宜臻回家去了，今天星期五啊！」馮千靜回得自然，「她家算近，不像我家在南部，就不會常回去。」

她又塞了口滷味，眉頭卻突然蹙起，手指在手機上滑著，下意識抬頭瞥了他一眼。

「有事？」他警戒天線也豎起。

「嗯，王警官說……蔡欣妤的氣管裡有棉線。」馮千靜看著LINE覆誦著，「跟娃娃衣服上的線是一致的，而且向日葵的手上也有蔡欣妤的DNA！」

「氣管裡？」毛穎德不解的摸摸喉嚨，「娃娃衣服上的線為什麼會在氣管裡？」

「而且確定了死因是刀子插進心窩，可是皮下出血也證明了曾有窒息現象，只是致命傷在胸口。」馮千靜望著地板，蔡欣妤陳屍的地方，她到底是怎麼窒息的？

毛穎德忙不迭的跑到她身邊坐下，她索性把手機扔給他看訊息，王警官最後一句LINE補上：娃娃又不見了。

「是說，爲什麼警察會傳LINE告訴你案情進度啊？」毛穎德覺得莫名其妙，「妳就不算涉案關係人？」

「最好不算！娃娃都找上門了！認識的叔叔啦！」她嘖的拿回手機，「靠，娃娃不見現在才跟我講！要出事我早出事了，幸好燒掉了……」

「看什麼？」她斜眼瞪著，「幹嘛盯著我看？」

「看妳正常的時候怎麼那麼正！」毛穎德皮笑肉不笑的回答。

「什——喝！」馮千靜倏地整個人跳了起來，下意識往自己臉上摸去！糟糕，她現在頭髮綁起來、眼鏡也沒戴在臉上！

是啊，瓜子臉又加上濃眉大眼，五官立體標緻，馮千靜就算現在這樣居家都可以看出是不折不扣的正妹，偏偏要把頭髮弄得亂七八糟宛如披上獅子鬃毛，把臉全給遮住還不夠，再戴上大黑框眼鏡，走路刻意駄背，完全一副想隱藏起來的低調模樣。

「可惡！」她滑步衝到酒櫃前的玻璃照去，「我忘記了！」

「幹嘛裝這麼大？」他不解的問著，「還裝得很失敗，一點都不怯懦膽小，眼神銳利得要命。」

「閉嘴！」馮千靜有些慌張，「秘、祕密喔！你要是說出去，我就告訴夏天你是靈異體質！」

毛穎德倏地站起身，「妳居然威脅我！」

「這叫互相！」她望著玻璃裡的自己，欸了聲，「反正我不想被人看見這個樣子就對了!你保密我也保密!」

「眞是莫名其妙……」毛穎德根本屈居劣勢，他無論如何都不想讓夏天知道他有敏感體質啊!「好啦!一言爲定!」

呼，馮千靜稍微鬆了一口氣，內心依然懊悔萬分，她居然這麼大意!她不想被認出來嘛!

「好了，沒事你可以走了。」她開始下逐客令了。

「喂，妳也太……」毛穎德話還沒說完，自個兒的手機響起，「是夏天，我沒說我到妳這兒來!」

「不說。」她瞭解意思，因爲毛穎德是來看看這兒的佛堂是否妥當，所以自然也是祕密。

「喂。」他接起，馮千靜噤聲。

『毛毛——』電話那頭傳來哀嗚聲，『怎麼辦怎麼辦?不見了啦!』

毛毛……馮千靜故作鎭靜，不能笑不能笑千萬不能隨便笑人家!毛穎德趕緊把音量關小，這死夏天，爲什麼死不改口!

「什麼?」毛穎德擰著眉問，「什麼東西不見了?」

『娃娃不見了!』夏玄允的下一句，讓毛穎德腦袋一片空白，『我跟洋洋想要把灰燼處理一下，可是裡面沒有娃娃！』

「等等，會不會被燒掉了？」

『娃娃裡面都是米，不可能全部燒成灰，這只是燒金紙又不是焚化爐！而且陽台有沾著灰的足印，一路往鐵窗上去！』夏玄允焦急的低吼，『連旁邊牆上都有娃娃小手的灰痕！娃娃眞的跑掉了！』

「我立刻回去。」毛穎德嚴肅的說著，掛上電話。

「怎麼了？」馮千靜也察覺出他臉色不對。

「我終於知道這裡爲什麼陰氣不散了！妳今晚不要出門，趕緊回到和室去，不管發生什麼事都不要出來。」毛穎德交代著，逕自拉開了木門。

「毛穎德，把話說清楚。」馮千靜追上前問。

他打開鐵門步出，深吸了一口氣，「娃娃爬出鐵桶，跑了。」

馮千靜瞪圓了眼，那個被她扔進鐵桶裡的娃娃……跑了？

天殺的，她不是又噴又灑鹽水了嗎？那個娃娃到底在執著什麼……不，蔡欣好，妳到底在執著什麼？

林宜臻開了電暖爐，抱起睡衣跟浴巾，匆匆的離開房間往浴室去，今天是星期五，因爲才開學所以她都會跑回市內的家，結果回來才發現爸媽不在，居然跑去喝喜酒了。

才八點，她帶著點酒意，趕緊鑽進浴室裡，連著幾天十度以下的低溫，眞是冷死人了！林宜臻扭開水龍頭，讓熱水澆下，盡情的在蓮蓬頭下淋浴，寒冷的天氣中洗個熱騰騰的熱水澡是最棒的事了。

聽見娃娃被燒掉的事情，讓大家心中的大石都卸下了，原本恐懼的事情消失，事情應該告一段落了吧！她現在當然很後悔玩那個都市傳說，可是當時大家起鬨時都覺得很有趣，誰曉得會、會出事？

林宜臻有點難受的咬著唇，淚水及熱水一併流下，她知道大家犯了很多錯，但不是故意的！也不曉得玩一個人的捉迷藏會出事……爲什麼會呢？何家瑢、她跟陳傳翰玩過都好好的，爲什麼偏偏輪到蔡欣妤時會出事？

蔡爸爸很不能諒解他們，今晚他們去上香時又被罵被推被打，可是這遊戲也是蔡欣妤自願的啊，他們又沒逼她玩，她明明也興致勃勃……可是在蔡爸爸眼裡，好像都是他們帶壞女兒的，好不公平！

沒有人願意發生這種事，眞不知道該怎麼樣才能讓蔡爸爸撤銷告訴？以後，他們再也不敢玩了，本來以爲只是驚險刺激，網路上寫說頂多就是電視有雜訊、東西會移動，或是娃娃不是在原本的地方被找到，可從來沒有說會有人因此死亡。

那天，在房子裡，到底發生了什麼事呢？林宜臻皺起眉，闔眼沖著水。

不要再想了，逝者已矣！她做深呼吸，可怕的娃娃也燒掉了，今晚應該不會再做惡夢了吧！

浴室外的客廳燈漸暗，啪噠兩聲的閃爍著，她房間裡的電暖器橘燈跳動，莫名的斷電，然後一路從她房間開始，客廳、陽台的燈全數一一暗去——同時間，電視打開了。

藍白色的燈在牆上跳動著，某個影子倒映在牆上，一拐一拐的移動著。

「呼……」感受到冰冷的手腳逐漸回溫，林宜臻愉悅的洗著頭，浴室裡熱氣氤氳，溫暖得讓人捨不得離開。

噗……唰……頭頂上蓮蓬頭的水忽然跟咳嗽一樣間斷，她狐疑的仰首，看著出水不穩的狀況，是水壓的緣故嗎？照理說就算全棟都在洗澡，頂多也只是水變小而已，怎麼會一下子大一下收咧？

張開掌心盛接著水，發現到水溫從燒燙的熱水，逐漸轉冷，這讓她心生不悅，總不會熱水器沒電了吧？爸爸都沒有注意嗎？

才想著，頂上的日光燈突然啪——嘰——閃爍了一下。

咦？林宜臻愣愣的看著電燈的閃爍，彷彿與蓮蓬頭的間歇頻率是同步的……還沒意會過來，啪的一聲，浴室的燈暗了。

「呀！」她直覺性的尖叫！停電？

不！林宜臻恐懼得雙手抱胸，孤伶伶的站在浴缸裡，蓮蓬頭的水也停了，她先把水龍頭關上，讓自己適應漆黑的浴室。

好可怕！怎麼突然停電，黑漆漆一片，不免想到那天玩捉迷藏時的屋子裡……停止！不要再想那件事了！她轉頭看著從窗子透進來的光，隔壁棟跟他們是不同區，每次停電時都不同調，她只是不明白爲什麼會突然停電！

眼睛適應黑暗後，林宜臻小心翼翼的離開浴缸，沒沖熱水很快就會感到冷，抓過門後掛著的浴巾裹上身子，爸媽還在喜宴上沒回來，現在就只剩下她一個人，要喊人拿個手電筒進來都有問題。

眞討厭！她咕噥著，先用毛巾蓋住頭，就怕出去著涼。

靠近門板時，她卻聽見了外面有說話聲！咦？她嚇得噤聲，怎麼會有人在說話？仔細聽著，突然聽見廣告的音樂，等等……是電視嗎？電視開了？不可能！她進家門後就沒有開電視！

是誰開的？怎麼會——匡啷！

東西掉落聲突然傳來，林宜臻趕緊掩嘴——有人！真的有人！她立刻先確定門是上鎖的，但浴室只是一般喇叭鎖，用個一元硬幣就能轉開了……怎麼辦？手機又沒帶在身上，林宜臻慌張的環顧這兩坪大小的浴室，她被困住了！

她慌張的貼著門板仔細聆聽著外頭的聲音，剛剛掉落的聲音很像是哥堆在地上的CD架，塑膠殼的聲音很明顯……七……CD盒在地上拖著，很像被踢到後在地上刮出的聲響，小偷未免也太大膽了，難道是仗著家裡沒人嗎？

怎麼辦怎麼辦？她聽著聲音在外面走動，聲音很輕很小，幾乎聽不出來，可是卻和著水聲，啪啪啪……走路好像有點吃力，碎步般的走著，不像是大人的足音。

林宜臻陡然一震，突然想起一個不可能的事！

不會的！她瞪著木門板看，開玩笑……那只不過是傳說，鬧著玩的事，怎麼可能會成真!?

所謂一個人的捉迷藏，明明已經結束了啊!?

『在……哪裡？』幽幽的聲音從門外傳來了，『妳躲在哪裡呀……』

那聲音陰森幽遠，低沉沙啞的不男不女，林宜臻貼在門後牆上發著抖，不可能的、不可能有這樣的事!?

那個娃娃……不是已經燒掉了嗎!?

她記得那個何家瑢因爲大掃除找出來的布娃娃，陳舊且泛黃，綁著黃色辮子的草帽娃娃，穿著鄉村風格的小圍裙，腳上穿著皮革鞋，鞋底稍硬，聽起來就很像……逼近浴室的腳步聲！

不可能！林宜臻縮著身體，雙手緊緊互絞，她一定想多了！她戰戰兢兢的看著木門，門軸那兒有個非常非常細小的細縫，她掩著嘴悄悄的從那隙縫看，即使知道不能看到什麼，但至少給她看到一雙普通的腳——現在，她寧願是小偷了！

啪，紅色的小腳出現了，皮革硬底，迷你的鞋子出現在門軸縫隙裡，林宜臻全身劇烈的發抖，咬緊牙才不至於讓自己尖叫出聲。

那個泛黃破敗、身上有著血汙跟焦黑痕跡的娃娃，搖搖擺擺的在浴室門口走動著，它的手上，還握著一把水果刀！

林宜臻咬住了浴巾，連哭泣跟呼吸都不敢，雙腳抖個不停，這只是個遊戲啊……都市傳說不過是「傳說」而已啊!?

娃娃轉過頭背向了她，背後那粗紅線的縫線顯而易見，她以爲已經燒掉的娃娃，眞的可以看見手腳跟部分身體都有焦痕，爲什麼會在這裡？

娃娃突然一頓，幽幽轉過頭來，林宜臻瞪大雙眼從隙縫裡看著娃娃正面，它的塑膠大眼有一隻破裂了，臉上也有燒焦，身上髒污不堪，灰燼佐著乾涸的紅色血汙。

噠噠，娃娃搖搖晃晃的往前，林宜臻下意識的向後，爲什麼……爲什麼它好像往這裡看過來了!?塑膠大眼倏地貼在門軸處，娃娃應該只有一公分長縫線的小嘴，忽然間咧開了。

『找到妳了！』

不——林宜臻嚇得趕緊離開門後，她退到了浴缸旁，不知道是天氣寒冷還是因爲那邪惡的娃娃，她開始覺得全身冰冷得令人打顫，而木門開始傳來刮門的聲響，那是刀在木門上劃著的聲音。

『找到妳了……嘿嘿，開門哪……』刀子不停的劃著，『我找到妳了喔，嘻嘻，嘻嘻嘻！』

「走開！」林宜臻失控的尖叫著，「遊戲已經結束了！早就結束了！」

唰啦唰啦，刀子聲從輕劃變成了戳刺，咚、咚、咚，一下比一下大力，整扇木門都在震動，林宜臻驚慌失措，那只是娃娃，她多希望能這樣說服自己，二十公分高而已，它無法開門的……

林宜臻回身看向窗戶，可以試著喊叫對吧，窗外就是陽台，從陽台尖叫一定可以讓鄰棟的人聽見！

沙沙……當她跨進浴缸裡，打算開窗子時，突然聽見門板的聲音，聲音略微往上，像是有人在門板上爬行，緊接著，那銀色的喇叭鎖開始轉動了。

不不不！林宜臻二話不說的要打開窗戶，窗戶沒有鐵窗，她一定可以爬出去的！

拉開窗戶，她慌亂的要卸下紗窗，身後卻突然傳來一聲：喀。

喇叭鎖開了。

林宜臻背脊頓時發涼，卻可以感覺到浴室的門……開了……像夢境裡一模一樣！

咿……凍人刺骨的風吹了進來，她僵硬著身子，緩緩的轉過頭去……門外，什麼都沒有。

半掩的門外是片黑暗，屋子裡竟沒有光源，客廳的燈應該是亮的啊！可是……剛剛那是錯覺嗎？爲什麼娃娃不見了？

電光石火間，手邊的窗子竟倏而關上，林宜臻根本措手不及，右手差點被夾到而鬆手，腳底打滑整個人摔進了浴缸裡！「哇呀！」

她重重的摔進浴缸，聽著窗子紮實關上，像是被人猛然推動一般，上頭的門子還向上扳動，落了鎖。

不不……她慌亂的攀著浴缸邊緣要撐起身子，頭才往外一抬，娃娃的臉赫然近在眼前——它已躍上了浴缸邊緣，她的手邊！

「哇——救命！」她放聲尖叫著，「對不起對不起！」

娃娃一如往常恬靜的笑著，歪了歪頭，手上緊緊握著刀子，沒有眼皮不會眨眼，只是這樣望著她。

『林宜臻，我找到妳了喔！』刀子高高舉起——『換妳當鬼了！』

第八章 重啓

嗯……鬧鐘嗶嗶的響起，馮千靜伸出被外的手用力按掉，又鑽回被窩裡，大大的伸了個懶腰，昨晚睡得眞好，加上今天是星期六，完全是可以睡晚一點的時候！

說晚也不過九點，她滿意的劃上幸福的笑容，昨晚一夜好眠，完全沒有干擾也沒有刀劃聲。她起身疊被，認眞的朝著神壇拜拜，不管哪個神明，都感謝各位的庇佑。

抓過水瓶大口大口的喝著，昨晚睡死到連水都沒喝，這麼安靜的狀況看來，娃娃沒有再來，她也沒做惡夢，是因爲被她扔進火裡燒，會怕了厚，科科。

先下樓來弄早餐、洗漱，然後就是完全自由的練習時間啦！今天一定要加強鍛鍊，得把昨晚的宵夜熱量消耗掉！

用力握拳，她拿過手機查看，晚上睡覺時她都是把網路關掉，電話設定勿干擾狀態，除了家人的電話外一概不接，結果拿近一瞧，哇塞！二十幾通未接來電！何家瑢！

怪了，馮千靜湧起不好的預感，是發生什麼事？

拿著手機她推開紙門，一邊往外移動，外頭一切無恙，通往五樓的門窗緊鎖，現在也毫無破壞痕跡，昨晚的確沒事。

「喂，何家瑢！」好不容易通了，她趕緊出聲，「什麼事急著找我？」

電話那頭沒有說話，低泣聲取而代之，這反而讓馮千靜覺得心頭一涼，對方吸了吸鼻子，好不容易才擠出些許聲音。

「馮千靜……」的確是何家瑢，只是她在哭，「宜臻她、她出事了。」

「什麼事？」她沉穩的問著，拉開了五樓的鐵門。

「她死了……嗚……天哪，她死了！」何家瑢簡直泣不成聲，「跟蔡欣好一模一樣，她、她死在浴室裡……」

馮千靜深吸了一口氣，「知道了，現場……有娃娃嗎？」

「沒有……」何家瑢語焉不詳的說著，「娃娃不是燒掉了嗎？爲什麼……爲什麼……眞的是娃娃做的嗎？」

「嗯，娃娃跑了。」馮千靜在樓梯口蹲了下來，「要不要見面說？不，我們約在外面，等等給你們電話。」

她切掉手機，有點無奈的看著一屋子凌亂的腳印，雪白的磁磚上全部血跡斑斑，小小的腳印拓在地板、桌上、樓梯上，甚至是……馮千靜轉過頭，緩緩摸著邊的白牆，連牆上都有，還眞能走啊！

瞥向門把，這才發現門把上不知何時掛了一小小的平安符，大抵是毛穎德掛

的，所以昨晚不管誰來，也只能踩上木梯而已。

「眞令人火大！」馮千靜站起身，對著空氣咆哮，「你以爲誰要擦啊！有本事會拖地會打掃再來給我搞破壞！」

急速下樓，她開始怒氣沖沖的尋找任何蛛絲馬跡，浴室搜個徹底，就是沒有看見娃娃的蹤影；但是地上血腳印是它的，她才不會認錯，沾上林宜臻的血後就到這裡來找人嗎？

莫名其妙，那幹嘛不去找何家瑢？陳傳翰？張成明？

由於何家瑢在林宜臻家那邊，還要一陣子才會回來，所以馮千靜並不急，她先把客廳的樣子給拍下，傳給「都市傳說社」，逕自準備早餐，保持客廳的凌亂現場，等等再出去跟他們會合。

坐著電梯到了樓下，一開電梯門，人影倏地在電梯口，嚇得她一大跳。

「馮千靜！」夏玄允雙眼發光的望著她，「我看到照片了！」

眞是嚇死人了！「你們也太快了吧！不是約在社團嗎？」

「我迫不及待嘛！屋子裡的腳印都是血，那有看到娃娃嗎？」郭岳洋縮著頸子，圍巾勒得好紮實，「這麼多血，不知道是哪裡來的？」

「林宜臻的。」馮千靜直截了當的回答，反而讓夏玄允跟郭岳洋一陣錯愕，愣在原地，而她逕自疾步往前走。

毛穎德在社區外頭等待，他就不知道夏天他兩個在急什麼，沒通行卡電梯又上不去，昨晚是警衛幫他開門，也是因爲馮千靜確認了他是朋友。

他正拿著手機看即時新聞：又一密室殺人，女大學生全裸陳屍浴室，胸口中刀。

「等等……馮千靜！」夏玄允追了上來，「妳說誰？那個長頭髮的林宜臻？」

馮千靜走出社區大門，差點撞上靠在旁邊看手機兼裝帥的毛穎德，趕緊煞車，卻後追上來的夏玄允跟郭岳洋撞成一團。

「看到新聞了？」她緊揪著背包回頭，「你們兩個不看新聞的嗎？即時頭條！」

「什麼時候的事？」夏玄允難得露出慌張神色，抓住她的手臂往後拉。

「應該是昨天晚上吧，我也是剛得到的消息，新聞說全裸在浴室，我猜是她在洗澡時發生的。」馮千靜相當嚴肅，「然後我家樓下就那個樣子，我在猶豫要不要報警，驗驗那些血是不是林宜臻的。」

「八九不離十。」毛穎德大膽推測，「只是爲什麼對付林宜臻後，又跑去找妳？」

「我哪知道！」馮千靜往前走著，「我跟他們約在你們社辦，走吧！」

「那昨天晚上妳有聽見什麼嗎？」郭岳洋忙不迭追上，又是拿著小冊子紀錄，「它又到和室外……」

「沒有，我睡得很好。」馮千靜瞥了毛穎德一眼，他完全當沒事人一樣走自己的，「可能被神佛擋下了吧？但是它確實來了。」

「其他人呢？」夏玄允也緊追不捨，「不可能只針對一兩個的。」

馮千靜突地止步，認眞的轉頭看向夏玄允，「什麼意思？爲什麼不可能針對一兩個？」

「一開始就是針對全部吧！所以何家瑢他們才會做一樣的夢。」夏玄允露出精明的眼神望著她，「我在想，他是針對所有在現場的人——不管有沒有玩。」

「或是說，」郭岳洋咬著筆桿，「所有關係人。」

馮千靜聽著他們的猜測，所謂的關係人卻是何家瑢他們四個，還有她……她當然脫不了關係，除了蔡欣妤混帳的取了她的名外，就是她也曾經在屋子裡、何家瑢玩第一棒時有待在門外。

「你們這樣說……」馮千靜深吸了一口氣，「搞得好像在屋外的其實也在玩捉迷藏似的。」

「不然無法解釋娃娃的執著，還有……現在又死了一個了。」夏玄允抓過郭岳洋的本子看著，「換林宜臻當鬼了。」

換林宜臻當鬼了……馮千靜痛苦的閉上眼，林宜臻會再找下一個嗎？娃娃也在現場嗎？

抵達社辦時，陳傳翰跟張成明兩人已經到了，因爲是假日，棋社都沒人，所以他們坐在沙發上等待，一臉坐立難安，兩個眼窩有著深深的黑眼圈，眼神帶著惶恐。

「你們終於來了！」一瞧見夏玄允，他們兩個就緊張的站了起來。

馮千靜走在最後，下意識的在進門前往左看向走廊底端的女廁，想起昨天被娃娃跟到女廁去的事情……這娃娃還眞是不捨晝夜的努力啊！

嗯？對啊，它根本不受到日夜的影響嗎？那爲什麼昨天她回家後也沒來找，一定要在半夜出現咧？

「何家瑢還沒回來嗎？」馮千靜扔下背包，也找個位子坐。

「沒這麼快！」陳傳翰焦急的說著，「林宜臻怎麼就這樣死了，昨天我們還在說終於可以放心，她卻……」

「娃娃不是燒掉了嗎？」張成明慌亂的看著馮千靜，「昨天妳說……」

「我以爲燒掉了，但是他們在桶子裡沒找到殘骸，推測是溜了。」馮千靜也很無奈，「溜走我們也不能怎麼辦，但我有傳LINE給你們喔！」

陳傳翰皺起眉，「我們喝得太高興，睡著了。」

「哦？」夏玄允雙眼一亮，「所以大家昨晚都睡得很好？」

「都醉了，算睡得不錯吧！」張成明有點遲疑，「我們都睡死了，早上何家瑢是被手機吵醒後，尖叫哭著就奪門而出了……我們才知道宜臻出事了。」

而林宜臻一出事，他們就全醒了！

「我不懂昨天晚上爲什麼只有她出事，你們一點動靜都沒聽見？」夏玄允在那兒自言自語，「難道有順序的嗎？我沒聽過捉迷藏有順序的啊……」

「順序？什麼順序!?該輪到誰當鬼嗎？」張成明緊張兮兮的上前抓住夏玄允的衣服，「沒有這樣的事，不是抓到誰誰當鬼嗎？但是屋子裡只有蔡欣妤啊！」

「別別你別急！」夏玄允驚嚇不已，一旁毛穎德立刻把張成明拽開！

「說話就說話，動手幹什麼！」

「我們該怎麼辦啊!?是不是玩捉迷藏的都會出事!?網路上沒有這樣寫啊！」張成明激動的哭了起來！

「遊戲中斷的後果這麼嚴重嗎？」馮千靜雙手交叉胸前，沉吟著，「為什麼我感覺娃娃好像想把每人都殺掉一樣？有恨意……也有殺氣。」

「咦？」陳傳翰倒抽一口氣，「為、為什麼這樣認為？」

「因為林宜臻死了吧。」郭岳洋小小聲的說，「本來應該是針對馮千靜的啊，娃娃不是被取名叫馮千靜？所以依照捉迷藏來說，娃娃找到蔡欣妤、蔡欣妤再找到馮千靜，應該醬子就結束了。」

可是，馮千靜現在好端端坐在這裡，林宜臻卻死於非命。

「打從一開始你們都做惡夢時就怪了，又沒玩遊戲為什麼每個都有事？那個娃娃根本是針對每個人！」夏玄允深表贊同，「我覺得，在捉迷藏之外，一定還發生了什麼事！」

昨天抓著娃娃要扔進火桶前，它曾經喊著什麼……你們怎麼可以扔下我一個人！馮千靜蹙眉回憶，對，娃娃歇斯底里的喊過這句莫名其妙的話！

張成明嚇得臉色慘白，倏地轉向陳傳翰，「不會吧！難道會是……」

難道會是？馮千靜瞪向兩個男生，不客氣的起身向前，「喂，難道什麼？你們給我說清楚！」

「難道是因為我們沒有換娃娃！」門口傳來氣喘吁吁的聲音，何家瑢上氣不接下氣，「我想起來了，從頭到尾，我們都沒有換那個娃娃！」

「沒換娃娃？」夏玄允歪著頭，「你們的確是從頭到尾都使用一個娃娃……可是並沒有規定不能重複使用啊！」

「欸，可是照理說使用完不是就要吹乾，然後燒掉？」郭岳洋持不同意見，「像我們昨天對老皮做的一樣啊！可是他們沒燒掉，只是重新塞米再放指甲，這樣可以嗎？」

「差不多吧。因爲內臟都換了，血管也更換，就連指甲都不是同一個人的……」夏玄允的指頭在下巴點呀點的，「多重召喚，所以引來重疊的髒東西嗎？」

馮千靜看向毛穎德，他依然故作鎮靜的在滑手機。喂，出聲啊，你應該知道吧！

「何家瑢……這邊！」陳傳翰趕緊挪位子給她，讓她坐在他跟張成明中間，「林宜臻那邊怎麼樣？」

「屍體已經送走了，昨天林宜臻她爸媽回家時就發現怪怪的，因爲燈全是暗著的，可電視卻亮著……」何家瑢抿了抿唇，大家心知肚明，這是玩捉迷藏的必要條件之一，「他們開了燈後就做自己的事，發現林宜臻洗澡洗好久又沒回應，所以打開門去看……才看見她死在浴缸裡！」

說到這裡，何家瑢緊咬著唇，忍不住嗚呼哭了起來。

「喂，要哭等一下哭好不好！」毛穎德踢踢桌子，「繼續說。」

「厚，毛毛。」夏玄允對他使了眼色，「不要那麼沒同情心，人家剛死同學耶！」

「才開學幾個星期最好感情這麼好，他們是在哭自己，怕自己會是下一個出意外的人！」毛穎德完全不客氣，「早知如此，何必當初！」

唔……夏玄允皺起眉頭，用一雙閃亮亮的眼睛盯著毛穎德，彷彿在說：我就是那樣的人啊！

「走開啦！」毛穎德伸手蓋住他的眼睛，順勢往旁邊推去，「快點，講完妳愛哭多久就哭多久！」

「你、你這人說話怎麼這樣！就算才認識兩個星期，也是有感情的好嗎！」陳傳翰不爽吼著，「而且、而且再怎樣都是同學，我們……」

「停止廢話！」毛穎德打斷了陳傳翰的怒火，「何家瑢，林宜臻死在浴缸裡，浴缸裡有水嗎？」

何家瑢顫巍巍的點頭，全身開始不住的抖著，「你怎麼知道……天哪！我聽到說浴缸裡蓄著水，蓋到她身體時，我都快嚇死了！」

「蓄水？」馮千靜愣挑了挑眉，「那不就跟娃娃一樣，要扔進蓄水的浴缸裡——啊哈！是這樣嗎？」

何家瑢滿臉淚水的轉過來點頭，「在那邊遇到上次的警察，雖然轄區不同，但是因爲死因類似又離奇，所以他們也去現場了……說林宜臻胸口也插著刀子，躺在水裡，家門緊閉，浴室的門也關著，怎麼看都像密室殺人，除了……」

她欲言又止，眼神閃爍著。

「迷你版的血腳印嗎？」夏玄允幫她出聲。

「咦！」何家瑢嚇了一跳，「你、你怎麼知道？」

「因爲我們家都是血腳印，連牆上都有！」馮千靜想到頭就痛，「天哪！這個捉迷藏到底要玩到什麼時候？」

「玩到遊戲正式結束爲止啊！」夏玄允認眞的回應，「我想……會不會是每個人都當過鬼爲止？」

每個人都當過鬼……問題是，這種當鬼不是當一當就可以變回人的耶！誰要當啊！

「爲什麼這樣說？」何家瑢激動問著。

「我不要死！我不想死！」陳傳翰也忍不住哭嚎起來，「只是個遊戲啊，沒人料到會那樣的……」

「跟蔡欣妤道歉好了，我們再去一次靈堂，好好跟她道歉！」張成明跳了起來，「一定是我們不夠誠心，她才不想放過我們！」

何家瑢也顧著嚎啕大哭，馮千靜望著這票抱在一起痛哭流涕的人，最想哭的是她好嗎！一個從頭到尾置身事外的人，每晚都有拿刀的娃娃在房間外走，進不來還硬是在客廳徘徊，哪天被殺都不知道……

她都沒哭，這些人是在哭個什麼勁啊！

「那個，很抱歉打攪你們哭的興致。」郭岳洋舉高了手，像個好寶寶乖學生，馮千靜只覺得滑稽，「現在已經不關蔡欣妤的事囉，鬼換人當了！」

「什麼？」何家瑢睜大一雙淚眼，「是、是林宜臻……對，換她當鬼了。」

「然後呢？」夏玄允堆滿笑容，很是期待的望著沙發對面的三個人，「你們覺得下一個換誰？」

下一個……他們三個面面相覷，嗚哇一聲又哭了起來！

「我要去睡在廟裡，昨天沒事一定是求了平安符，我、我去睡廟裡！」張成明忽然跳起，「要不要一起去？」

「好！」陳傳翰抹著淚水欣然同意，「我們現在就去吧，不知道娃娃什麼時候會來……何家瑢！」

「睡廟裡？」她丈二金剛摸不著頭腦，「要睡多久？」

「是啊，要睡多久？你們想把一個人的捉迷藏，玩成一輩子的捉迷藏嗎？」馮千靜懶洋洋的開口，「我昨天下午連在這層樓上廁所都被跟了，你們有本事就一輩子不要離開廟！」

何家瑢瞪圓雙眼，「這、這層樓的廁所？」

「嗯啊，不然你們以為為什麼我會突然願意玩！」她嘆了口氣。

「天哪！」何家瑢驚恐的雙手掩嘴，「林宜臻那時候也有去廁所啊！她、她沒看到嗎？」

嗯？林宜臻也有去廁所？啊啊，是不是進來洗手那一個？那時候娃娃還沒找過來，當然沒遇到，遇到的話她那時或許就掛了！

「馮千靜說得對，你們要改玩一輩子的捉迷藏嗎？」毛穎德雙腳都擱到了桌上，一副屌兒啷噹的模樣，「那就去住廟吧，永遠不要離開就不會有事了！」

「我……我不要！」何家瑢尖叫著，「我不想過這樣的生活，我不要這樣心驚膽顫的過日子！呀——」

她像發洩一樣的尖叫著，可以感受得到他們對死亡的恐懼壓力有多大。

陳傳翰跟張成明兩個人從頭到尾都是緊繃著身子握著拳頭，抿著唇流淚，情緒在林宜臻的死亡訊息傳出後面臨崩潰。

「我也沒興趣每天躲藏，或是在和室裡聽著刀子刮地音。」馮千靜絕對是要親自解決的人，「速戰速決，我希望星期一就可以恢復正常生活。」

三個人頹然坐下，咬著唇淚流不止，「話說得容易、要、要怎麼去結束這一切？」

馮千靜雙目炯炯有神，看向了對面所謂的「都市傳說社」。

「我說，我們去把遊戲結束掉如何？」

夏玄允立刻高興的擊掌，跳了起來，「對！我也是這樣想，認眞的把這場遊戲給玩完！」

「這一次要完全恪守規則，我把詳細的版本印下來給大家了！」郭岳洋動作迅速的從那本大筆記本裡，抽出了五張Ａ４紙，「都市傳說的相關東西我們會準備，其他東西有需要都不要客氣！」

五張紙一一分發給錯愕的人們，最後多出的那一張，原本是要給林宜臻的……他們早先就準備好了？

「好，晚上大家就到我們家來集合，遊戲是從那邊開始的。」馮千靜立刻約上時間地點，「九點就會合，我們還要做娃娃。」

「什麼符的東西都帶著，以防萬一。」毛穎德涼涼的說了句，其實是個大提示，「山下有些廟香火比較旺，可以去一下。」

面對著你一言我一語的話語，何家瑢他們三個還在驚愕當中，什麼叫把遊戲節束掉？再玩一次！

「我……我不要再玩一次！爲什麼要玩？」陳傳翰首先發難，「逃都來不及，爲什麼要再去玩這個可怕的遊戲？」

「對啊，明知道會死人，這不是送死嗎？」

「馮千靜妳在想什麼啊，還回去那間屋子……」何家瑢不可思議的回頭望著她，「妳是不想活了嗎？」

「我只是想把遊戲玩完，不結束娃娃就會繼續找人當鬼。」馮千靜倏地起身，眼鏡下的雙眼極度凌厲，「要不要來隨你們，我今晚一定會玩，跟那個娃娃做個了結……面對危險是我的專長，我絕不逃避！」

語畢她旋身就走，何家瑢慌亂的拉住她。

「玩完就可以……脫身嗎？」她哽咽的問著。大家都想脫身啊！

「遊戲結束的話，娃娃就不會找鬼了。」夏玄允溫和的說著，「這是捉迷藏的基本規則吧！大家仔細想想！」

捉迷藏總是一個人當鬼，找出所有人……這個遊戲則是刺中誰誰就當鬼，那麼……每個人都得被刺中嗎？

「重點在那個娃娃，它必須現身，我們才有機會對付它，而一個人對付它或許有困難，林宜臻就是個例子。」馮千靜沉穩的說著，「大家都在一起，不信對付不了一個娃娃。」

陳傳翰嚥了口口水，緊張得說不出話來，張成明只是驚慌的喃喃自語，他一點都不想再去玩這個遊戲！

一開始就不該玩的，太多的不應該了。

何家瑢鬆開抓著衣袖的手，最後默默的點頭，張成明緊張的抽氣，沒想到她會答應。

「我不想這樣提心吊膽的過每一天。」何家瑢泣不成聲，「把中斷的遊戲結束掉，好好的完成這個都市傳說。」

一個人的捉迷藏，變成四個人的捉迷藏，馮千靜就不相信，會對付不了一個娃娃！

第九章 四個人的捉迷藏

晚上九點，所有人依約集合，他們利用下午去山下求神拜佛，拖著恐懼的身子會合；「都市傳說社」的人更不可能錯過這個機會，他們也必須充當「守護人」，就是在遊戲進行時，門外手機待命的那幾位，雖然他們很懷疑這次遊戲裡，能不能救到人。

有別於何家瑢他們個個無精打彩，馮千靜倒是買了一堆食物回去，「都市傳說社」還買了比薩要到他們家去開PARTY似的！

「買這麼多！」馮千靜看夏玄允手上的比薩，「什麼口味？」

「海陸跟總滙！」郭岳洋幫忙回答，晃著手上的盒子。

「啊我也要吃！」她喜歡比薩，「我買了泰國菜，鍋子裡已經煮了飯，大家可以一起吃！」

「居然這麼晚吃？」毛穎德狐疑，這傢伙昨天才說不能吃宵夜啊！

「今天要熬夜，晚一點吃沒關係，還得吃得多才有力氣！」馮千靜很肯定的說著，臉上盡是滿足笑容。

陳傳翰皺起眉，怎麼還有心情吃東西啊？他們已經怕到說不出話，一顆心懸著，一點點風吹草動就緊張得要命……馮千靜也被捲進這種事，爲什麼她都不怕？

「我在想，我們是不是應該去請教這方面的人啊？」張成明放輕音量，邊走邊回頭，眞的在害怕什麼，「不是有專家嗎？我們下午去那間廟，也沒人叫住我們，也不知該找誰。」

「就怕你還沒找到就換你當鬼了怎麼辦？」夏玄允用輕揚的聲音笑著說，這時候他開玩笑，張成明他們可能很難接受……

果然張成明臉色一凜，又嚇得不知所措。

砰──天際突然傳來一聲巨響，何家瑢嚇得失聲尖叫！

「呀──天……天哪！」眼淚煞時就流下來了，「嚇死我了……」

五彩繽紛的煙火在夜空中炸開，距離很近，雖不如國慶煙火那樣的絢爛奪目，但已經很漂亮了！

「還是很美啊……」一行人都停了下來，陳傳翰感嘆的望著星空，「眞希望明天也能看到！」

「怎麼無緣無故放煙火？」馮千靜好奇極了，今天是什麼大日子嗎？

「上次也有人放，不知道是誰在慶祝什麼。」

「是有人還願。」毛穎德淡淡的開口，「初一跟十五還願，也放煙火，聽說還承諾一次要放足五分鐘！」

「對對對……上次差不多就是半個月前。」何家瑢喃喃說著，「我也希望有機會可以再看見這美麗的煙火。」

「不要在那邊自怨自艾了，我篤定看得見。」馮千靜驕傲的抬首，「我才不會輸給莫名其妙的什麼都市傳說！」

夏玄允、郭岳洋及毛穎德不約而同的轉過頭看著她，她正仰望著夜空，炸開的煙火在她臉上發著光……馮千靜果然很帥！

他們站在那兒一路到煙火放完才再往家的方向走，那個煙火彷彿變成許願大會，每個人都對著煙火祈禱許願；一票人擠在電梯裡，何家瑢喘氣聲超大，全世界都知道她很緊張，走出電梯時他們全都遲疑不前進，馮千靜沒有理睬，逕自開了門。

「喔喔，腳印腳印！」夏玄允開心的想第一個衝進去，「……咦！不見了！」

「廢話，我擦掉了，留那個幹嘛！」馮千靜走進屋裡，外頭的何家瑢這才鬆了一口氣。

她擦掉了！幸好……她看了一眼陳傳翰他們，大家怕的就是那個血跡斑斑的腳印，上頭都是林宜臻的血啊！

進到自己家裡，何家瑢卻覺得壓力甚大，不知道是不是錯覺，屋子裡格外冰冷，馮千靜自然的搬過暖爐開啓，然後到廚房去把買來的食物盛鍋，毛穎德完全當自己家似的打開比薩，連濕紙巾都準備好了，直接開動。

陳傳翰他們幾個明顯的繞過蔡欣好的陳屍地點，明明有空地，走路卻繞來繞去，讓夏玄允看了覺得很有趣。

「你們不走那邊是因爲那個是命案現場嗎？」夏玄允打趣的說，「這樣不是很麻煩嗎？屍體不在不算褻瀆吧？」

「不要你管。」何家瑢不悅的說著。

「人都走了閃什麼！我們踩的是地，你們不要這樣戰戰兢兢的好嗎！」馮千靜端著一鍋麵出來，「肚子餓了就吃吧，吃飽了才有力氣。」

有力氣幹嘛？張成明始終不安，他望著門口，一直很想離開。

「等等你們要拿著手機在外面對吧，那萬一撥不通怎麼辦？」馮千靜大口大口的扒著飯，「還是我沒辦法打電話呢？」

「那還是定個時間！」郭岳洋已經徹底研究過流程了，「但是我們必須留意到不能中斷遊戲這一點！」

「你們有四個人，還沒時間打電話就太扯了吧？」毛穎德倒是不以爲然，

「總會有人有空的，把我們的手機先設在快速鍵！」

「但是蔡欣妤沒打。」馮千靜認眞的看著大家，「她沒打電話、沒有呼救，就連在裡面被娃娃割傷也都沒有聲響……這是必須考慮進去的，爲什麼？」

夏玄允突然伸直雙手，左看看右瞧瞧，「我記得說她手上有抵禦性傷口吧！被割到應該會痛，會痛就該會慘叫啊！」

「光是看見娃娃拿刀出來就會尖叫了吧！」郭岳洋應和著，「還是有什麼原因讓她沒辦法出聲？」

馮千靜突然瞪大雙眼，下意識看向毛穎德，他也吃驚的坐直身子——「棉線」！

「……你們爲什麼看起來很有默契的樣子？」夏玄允露出不平的表情，望著身邊的毛穎德，「有什麼不可告人的祕密嗎？」

哇喔，馮千靜望著夏玄允，空氣中瀰漫的敵情是醋味嗎？

毛穎德二話不說直接凸了夏玄允的頭，毫不客氣，「蔡欣妤的氣管裡有棉線，跟娃娃身上的一樣，在娃娃的手上也檢驗出蔡欣妤的DNA，所以……不是有人把娃娃塞進蔡欣妤的嘴裡，就是娃娃自己……呃，把手伸進去！」

何家瑢幾個人臉色慘白，開始微顫。

「線在氣管裡找到，表示塞得很深……」馮千靜喃喃自語著，「靠，因為被塞住所以出不了聲嗎？」

「可是碰撞聲呢？」郭岳洋看向何家瑢，「那天你們在外面完全沒聽見嗎？」

何家瑢飛快地搖頭，「什麼都沒聽到啊！」

「娃娃不想被打攪吧！」夏玄允怎麼想都只能想到這個理由，「如果是這樣的話，我們在外面好像也沒什麼用處……」

「有，打斷遊戲。」馮千靜倒是乾脆，「先用手機聯繫，不行的話約好時間，你們就直接打斷遊戲沒關係！」

「馮千靜！」陳傳翰突地吼出聲，「那是大忌，妳還要中斷？」

「厚……」她皺著眉，突然這麼大聲嚇人幹嘛！「你們早就中斷過了還怕中斷第二次嗎？」

「話不能這樣說吧！中斷一次就變成這樣，再中斷一次——」張成明緊握著拳，眉頭皺成一團。

「最糟也就這樣，再中斷一次不會虧的。」夏玄允很認真的說著，害得馮千靜很想笑，對厚，不會虧到耶！

不過就是生與死的選擇而已，對吧？

「爲什麼……爲什麼你們還笑得出來？這不是玩遊戲好嗎？」何家瑢突然哭著怒吼，「這麼輕鬆、還能說笑，你們知不知道我們有多害怕！」

「就是！我總覺得你們根本是來看好戲的！」陳傳翰也跟著嗆聲，「從頭尾都開心的跟什麼一樣，我們已經死了兩個同學了！兩個！」

「所以呢？」毛穎德冷冷的接口，「很了不起嗎？」

咦？何家瑢瞪大淚眼看著他，這是什麼口吻跟態度！

「這不是你們自找的嗎！你們自己選擇的，什麼叫這不是玩遊戲！一開始你們就是覺得這、只、是、個遊戲而已，不是嗎？」毛穎德殘忍的說著，「現在這樣的結果，是你們該承受的，有什麼好抱怨的！」

夏玄允皺著眉拉拉他的衣服，像是在說別說了。

「眞的要抱怨的是我吧！眞正的無辜者是我，但是我不想花時間跟你們計較，於事無補。」馮千靜淡淡的出聲，「毛穎德說得一點都沒錯，這一切都是你們自己種的因，玩這種遊戲就該想到有這種後果。」

「我們、我們怎麼可能會知道……」張成明嗚呼的哭著說，「會發生這種事……」

「一開始就不該玩，還敢說不知道會發生這種事！」馮千靜斜睨著身邊三個同學，「我是倒楣透頂了我！」

她討厭何家瑢他們動不動就一副大家欠他們的樣子，不過氣氛卻絲毫不影響她的食慾，馮千靜再添了一碗公，還伸手朝向郭岳洋，「比薩一片！」

「好啦，大家不要這樣，我就超愛都市傳說的嘛，所以我會比較興奮啦！」夏玄允開始緩頰，「如果讓你們不愉快的話，我跟你們——」

「你敢道歉試試看！」毛穎德又打斷，「是他們來找我們的，到底是誰要求救啊搞不清楚狀況！」

何家瑢咬著唇，滿臉的不甘願卻不敢說話，她曲起雙腳往沙發上窩，膽小的張成明根本就只是顧著哭，唯陳傳翰就看毛穎德不順眼……不對，是看整個都市傳說社的人不順眼！

「你們幫什麼了？林宜臻還不是死了！」陳傳翰近乎咆哮，「從頭到尾也沒幫什麼忙，燒個娃娃還會燒到它跑掉……」

「陳傳翰！」馮千靜突然斥喝一聲，「這是他們的責任嗎？」

陳傳翰跳了起來，怒目轉頭瞪向她，「妳幹嘛都幫他們說話？我說得又沒錯，如果娃娃徹底燒乾淨的話——」

馮千靜倏地站起身，伸手一推就把陳傳翰推進了沙發裡，「你搞清楚，這裡沒有一個人需要幫我們做任何事！不需要幫我們燒娃娃，也不需要爲林宜臻的死負責，這麼屌，你幹嘛不自己燒娃娃！」

「你——」陳傳翰怒極攻心的想要起身，就見馮千靜往他胸前一擊——

呃！陳傳翰瞬間倒抽一口氣，想要起身的身體卻軟了下來，像灘爛泥般的癱在沙發上，馮千靜倒是不急不徐的掠過何家瑢身邊坐回，繼續吃她的比薩。

何家瑢跟張成明錯愕的對看一眼，這才慌張的探視半躺在中間的陳傳翰，「你怎麼了？喂！」

「他躺一下就好了，不過是胸口有點痛，需要休息一下。」馮千靜涼涼的應著，嘴裡塞滿食物，「喂，你們不要都不吃東西，等下沒力氣逃命我可沒空理你們喔！」

何家瑢不可思議的回首看著她，「馮千靜，妳到底對他怎麼了？」

「輕輕打了他一下，這叫先下手爲強，不然我怕他打我。」她很沒誠意的說著。

怕，好怕喔……郭岳洋縮成一團依在夏玄允身邊，夏玄允也往毛穎德旁邊靠，超怕的！大家都沒看到馮千靜剛剛那一擊根本快狠準，還聽見陳傳翰胸膛裡的迴音耶！

「娃娃什麼的都準備好了嗎？」馮千靜決定不理他們，逕自問著夏玄允，「等等我再來縫！」

「啊，不需要娃娃，道具幾乎不必，你們只要準備鹽水就可以了。」夏玄允又笑了起來，「我們盲點超大的，差點忘記你們是中斷遊戲，繼續遊戲的話是不需要娃娃的。」

「如果又準備娃娃，就變成一場新遊戲了！」郭岳洋有點怕的說著，「萬一兩個遊戲重疊，我覺得那更可怕……」

啊！對喔！馮千靜這才想到，大家都直覺的想要從頭開始，卻沒有想到他們現在要做的是結束中斷的遊戲。「你們好細心，謝啦！」

「那……沒有娃娃怎麼繼續遊戲？」何家瑢惴惴不安的問，「該怎麼開始？」

「會知道什麼時候開始的。」馮千靜幽幽的回答著，「每天娃娃都會回到這裡，妳倒不必愁沒有娃娃這件事。」

不必愁？她怕的就是那個娃娃啊！

氣氛繼續呈現低迷與興奮兩種極端，何家瑢他們三人不吃不喝的窩在旁邊，而馮千靜一個人吃了三人份的食物還幫忙把比薩全部解決掉後，就開始收拾；都市傳說社的男生都很機靈，全體幫忙，反倒是陳傳翰跟張成明動也不動。

陳傳翰是不太能動，他撫著胸口喊疼，直說馮千靜那一掌劈下來他覺得身體都麻掉了。

「妳家氣氛變了。」毛穎德趁著只有他們兩人時對馮千靜低語，「變得更混濁，之前五樓還有股清新會流下，但今天都沒有。」

「是嗎？」她遲疑著，「你給的彌勒佛我放在被子邊，不然等等我也放上去好了。」

毛穎德還想再說些什麼，郭岳洋卻端著東西進來，他只好裝作沒事的離開，然後他們開始設置一些東西，例如學馮千靜在各個門把上掛鈴鐺，尤有甚者，他們還在地上架上細線，細線上繫著鈴鐺，可以讓躲藏的他們預知娃娃出現在哪裡。

「我們約半個小時如何？」夏玄允看著錶，郭岳洋在茶几那裡輸入大家的電話，「半小時如果沒有動靜，電話又不通，我們就進來。」

「一小時好了，時間太短，萬一還來不及解決就白費工夫了！」馮千靜盤算著時間，抬頭看著客廳牆上的咕咕鐘，快十一點了，「一小時會不會也太短啊……」

「一小時？一分鐘我都覺得比一年還漫長！」何家瑢發難，「不能再短一點嗎？十分鐘，十分鐘就好……」

馮千靜眞的很想罵人，十分鐘只怕什麼事都還沒搞清楚，她也說得出來。

「何家瑢，我們……」

噹——噹——牆上的鐘，響起來了！

咦？馮千靜跟何家瑢同時詫異的往牆上看去，她們的鐘……一向是把鐘聲關掉的啊！

「誰把鐘聲打開的？」何家瑢看向馮千靜，她搖搖頭，「可是我們不開鐘聲的啊！」

客廳的燈同時跟著鐘聲的頻率轉暗閃爍，噹——噹——噹——

「出去……出去！」毛穎德突然跳起來大吼，一把拉過夏玄允跟郭岳洋，「快點！」

夏玄允他們不假思索的立刻抄起包包跟桌上的東西，捧著抱著就往門外衝，結果陳傳翰跟張成明跑得比他們還快，一把被毛穎德攔下！

噹——噹——

「你們跑什麼啊！你們是要結束遊戲的人！」他把兩個男人推了回去，馮千靜上前抓住他們兩個的後衣領往後甩。「夏天，你要記住，絕對不能讓任何人開門！」

噹——

「什麼？」夏玄允有些錯愕，「不是約好一小時——」

噹——

「絕對、不能讓任何人開這扇門！」毛穎德大吼著，啪的把門給甩上！

啪！燈光驟暗，何家瑢的尖叫聲伴隨著陳傳翰跟張成明的長嘯聲，啊啊啊啊的在客廳裡迴響著。

三秒之後，燈再度亮起，只是亮的速度有點慢，從廚房緩慢的亮到客廳，彷彿燈管壞掉一樣的間歇亮著。

奇怪的是，角落那廁所的燈也亮了。

「剛剛沒人去廁所。」馮千靜看著亮起的位置，「沒有人開過燈。」

「鹽水。」毛穎德指著沙發上，上頭居然有五個礦泉水瓶，「一人一瓶拿好。」

在沙發邊的張成明趕緊拿過水瓶，他們不知道這是什麼時候準備的，但真的沒想到「都市傳說社」的人居然為他們備妥了五大瓶的鹽水！馮千靜直接把水瓶往腰上一放，她繫了個功能性腰帶，可以把水瓶放進去。

「才十一點……我以為三點才會開始。」馮千靜瞪著牆上的鐘，腳邊暖爐不知何時已斷電，空氣變得更為冰冷。

「我也以為。」毛穎德觀察著四周，「有夠黑，徹徹底底的黑色。」

嗯？昨天晚上，毛穎德才說至少是模糊不清像黑霧般的狀況，可還沒到徹底黑的地步啊！

「怎麼……開始了嗎？」何家瑢倏地躲到馮千靜身後去，抖著身子哭泣。

誰知道啊！馮千靜調節呼吸，發現吐出來的氣息都成白煙，室內真的變得非常的冷，氣溫幾乎急速下降，她眼神一直放在廁所，不懂那邊開著燈做什麼。

「我去看一下。」她邊說，居然往前走。

「喂！」毛穎德攔下她，「是怎樣？有必要這樣嗎？」

「遊戲中，燈不該是亮著的，你不覺得奇怪嗎？」馮千靜甩開毛穎德的手，「廁所更不可能亮燈！」

是啊，何家瑢環顧四周，亮著的應該只有避難間的燈光跟電視，但是現在客廳廚房的燈都還亮著，電視也尚未開啓……怎麼回事？回頭看向陳傳翰他們，兩個男生也凝重的搖首。

滴——答，清楚的水聲傳來，音量大到讓大家以為水在耳邊滴落，每個人面面相覷，怎麼會有這麼明顯的滴水聲；馮千靜回頭，指了指廁所的方向，用嘴型說著：水聲。

從廁所傳來的嗎？滴——答——又一聲，大家側耳傾聽，這一次的確定是從廁所傳來的了！

走到廁所門口，馮千靜看著掛在門板上的鈴鐺，她不會傻到正面迎敵，所以她照舊貼著牆，用左手緩緩的推開門板……叮鈴鈴……

「嗚……」客廳還有悶聲尖叫的伴奏。

馮千靜的眼尾餘光，看見的是一隻腿……一隻小腿跨出浴缸之外，她困惑不解的往裡瞧去，看見浴缸裡居然躺著一個人！

「……蔡欣妤？」她不可思議的喊了出來！

蔡欣妤就躺在他們四樓的浴缸裡，胸口插著把刀，浴缸裡的水滿到她的胸口，死白的臉色與唇，死不瞑目的雙眼直瞪著浴缸裡側，右手擱在喉口，左手塞在浴缸裡，一如她死亡時的姿勢。

為什麼蔡欣妤會在這裡？這是遺體嗎？她腦袋根本轉不過來，而毛穎德來到她身後，狠狠倒抽一口氣——「天哪！」

「天什麼……」她不懂這狀況，只知道……現在的蔡欣妤，很像是遊戲開始時躺在浴缸水裡的娃娃！

同時間，蔡欣妤的頭轉動了……馮千靜驚詫得張大嘴，用一種不敢置信的眼神瞪著那個將頭轉向正面，仰望著天花板的蔡欣妤。

繼娃娃會走動之後，她再一次看見屍體會動了……等，難道說……「她沒死嗎？」

「死透了！」毛穎德一把拉著馮千靜後退，「她不是人！」

「不是人？不是人那是什麼，那是蔡欣妤啊，難道她是——」馮千靜原本對著他吼，卻一怔，「靠……」

浴缸裡的蔡欣妤已經坐起來了，她低首看著自己胸前的刀，原本死白的臉下浮出青色的血管，一臉盛怒之樣，伸手握住胸口的刀柄：『輪到……你們當鬼了……』

咦？這聲音——馮千靜瞠目結舌，「妳是那個娃娃？」

這是娃娃的聲音啊！她聽過娃娃說話，陰森低沉，不男不女，跟蔡欣妤現在的聲調一模一樣！

「別跟鬼聊天啦！」毛穎德一把將她拉離廁所前，客廳的三個人臉色慘白。

「什麼蔡欣妤？」何家瑢拔高了音，「她在我們浴室裡？」

「那是鬼！上五樓，快點上五樓！」毛穎德指向樓梯，陳傳翰一馬當先立刻往樓梯衝。

『別想走——』怒吼聲自後方傳來，馮千靜回首時看見蔡欣妤已經走出了浴室，『你們只會逃！逃——』

誰理她啊！大家飛快地奔上五樓，五樓的燈光全黑，唯獨和室燈火通明，毛穎德上五樓時先是咦了聲，但是不敢停下的全往和室裡衝。

當馮千靜滾進榻榻米時，陳傳翰跟張成明飛快地將紙門關上，五個人或站或坐或跪的待在裡頭，不敢輕舉妄動。

「外面沒有燈，對我們不利。」毛穎德低語著。

因爲如果和室裡是亮著的，外面爲暗，那麼大家在裡面的身影自外頭看來將會一清二楚！

「可是燈在外面，和室裡沒有外面的電燈開關。」何家瑢低泣著，遠離紙門躲著。

眼前只有紙門，其他什麼都看不見，毛穎德對於這樣的情勢感到不安，什麼都看不見的話，反而令人不知所措。

如果……也把和室裡的燈熄掉的話呢……他沉吟著，窗外有路燈餘光，若是熄掉和室裡的燈，或許可以扭轉情勢。

回過身子，他先探向神壇上的燈與蠟燭——咦？

「這是什麼情況!?」毛穎德失聲喊了出來。

「什麼啦!?」馮千靜聽出他聲音裡的焦慮，趕緊回首。

只是一回頭，她也愣住了。

神桌上乾乾淨淨，除了香爐、蠟燭與燈還在外，一尊佛像、一個牌位都沒有，乾乾淨淨！

「神像呢？」馮千靜腦袋一片空白，早上離開時還好好的啊！

「啊！……我爸媽說要把這裡賣掉，他們來把佛像搬走了！」何家瑢雙手掩嘴，「對，他們今天有說要過來先收拾一些東西的！」

毛穎德只覺得難以呼吸，難怪今天何家會如此混濁到毫無清新空氣！因爲神佛已經不在了！

什麼時候不搬，爲什麼偏偏挑今天啊！

第十章
誰殺了……

沒有神佛的避難間，還能叫避難間嗎？

馮千靜腦子裡瞬間就閃過這個可怕的事實，她今天爲什麼沒先上樓來……對，因爲大家一起進來，所以她顧著先弄吃的，她只要肚子餓就什麼都顧不及了。

「我還有彌勒佛！」馮千靜飛快地到自己的被子邊，拿出那一小尊彌勒佛，好整以暇的擱在神桌上。

毛穎德很想哭，他看著那尊只有手掌大的彌勒佛，後悔爲什麼他要留下來！

「我們沒有避難間了……」何家瑢驚恐的哭喊，「躲在這裡根本毫無用處！」

「爲什麼！」陳傳翰激動的握著神桌搖著，「妳爸媽爲什麼要把神像都搬走——」

叮鈴鈴……鈴聲陡然響起，來自於五樓那扇不鏽鋼門板，夏玄允他們也在上頭掛了鈴噹，因此當有人推門時，他們便會知道有、誰、來、了。

因此陳傳翰突地收聲，何家瑢也用力摀住自己的嘴不讓自己哭聲傳出，張成明抖到連站都站不起來的鑽進神桌底下，馮千靜看了都爲他難過。

這事無關性別，只是明知道這是非自然力量的生死關頭，還選擇躲藏逃避，這是哪門子的應對之道！

「和室的電燈開關在哪裡？」毛穎德用嘴型問著。

馮千靜立即小心翼翼的……不對，她幹嘛小心翼翼！和室通亮的情況下，不管誰在外面，都能清楚的看見他們五個人的影子！所以她直接俐落的衝到邊角的木樁邊，關上電燈。

啪！燈光暗去的瞬間，毛穎德原本期待可以看見紙門外的世界，但卻因爲外面也過度陰暗，造成兩邊的光源差過小，根本什麼都看不清楚。

紙門依然只是紙門，將他們圈在窄小的地方，外面有些什麼沒人知道。

蔡欣妤不同娃娃，沒有足音，五樓也沒有設置機關，聽不到其他鈴聲……毛穎德把張成明從神桌底下拉出來，他這樣萬一要跑的話根本來不及，張成明嚇得拼命搖頭，腿軟得站不起來。

「不要管他！」馮千靜拽開毛穎德拉著張成明的手，「沒用！」

過度的靜謐只是帶來更大的恐懼，外頭毫無聲響，馮千靜不認爲繼續待在這裡是好辦法，他們只剩一個彌勒佛，這個彌勒佛能有多大的力量？當避難間失去效用時，蔡欣妤還怕什麼？

她突然挺直腰桿，往前邁開步伐！毛穎德即刻拉住她，瞪大雙眼問她要幹嘛？她搖搖頭拉開他的手，難道他不覺得詭異嗎？既然這間和室威脅性已經降低，為什麼蔡欣妤沒有直接殺進來？

不！她更想知道的是，是不是蔡欣妤殺了林宜臻！為什麼？

「馮千靜！」何家瑢留意到她逼近紙門，用氣音喊著，「妳幹什麼？」

馮千靜做了一個強烈的深呼吸，唰啦——雙手各向左右兩邊劃去——打開了紙門！

「呀——」和室裡尖叫聲起，沒人料到馮千靜會把紙門給打開！

屋外果然昏黑，僅有窗子照進來的微弱餘光，與馮千靜猜的不同，她原本以為會有什麼東西貼在紙門外的，但是並沒有！她一個人站在紙門邊，環顧四周，正前方的鐵門的確敞開，但是沒有人影！

「很邪。」身後的毛穎德說著。

「謝謝你的說明……」馮千靜沒好氣的回著，有人推門進來了！蔡欣妤從浴缸裡抓狂爬出來的樣子她記得分明，她是真的帶著怒氣與恨意……恨什麼？

突然，張成明用顫抖的手指向了上方，「啊啊啊……啊！」

什麼？馮千靜回首看著抖到都有殘影的指頭，上面？倏地轉回來往上看去……終於見著了一雙腳，就在和室屋的旁邊——蔡欣妤飄浮在天花板上端，正低頭睨著他們！

『找到了！』她咧嘴嘶吼，唰地降下來，右手的刀子冷不防的就朝馮千靜刺了過來！

說時遲那時快，馮千靜雙手肘突然交叉，瞬間鎖住蔡欣妤擎刀攻擊的右手，甚至向旁邊一扭，硬是將她從右方拖拉到了左方，挪出一條路！

「出去——快點！」馮千靜大聲吼著，繼續將蔡欣妤往旁再拖，「蔡欣妤！是妳殺了林宜臻嗎？」

『換人當鬼，每一個都得當鬼！』蔡欣妤五官扭曲在一起，怒不可遏的吼著，『林宜臻又怎樣！何家瑢、陳傳翰、張成明，誰也休想逃！休想——』

嗯？馮千靜聽出來了，「沒有我的名字？」

『馮……千……靜……』蔡欣妤垂著頭，雙眼卻向上吊，『妳是第一個……娃娃……』

蔡欣妤的力道甚大，馮千靜早有心理準備，畢竟她面對的不是人，何家瑢等人已經連滾帶爬的離開和室朝四樓衝去，就見蔡欣妤反扣住馮千靜的手，將她也往門口拖去，急起直追。

「最好妳有本事拖我！」馮千靜煞住步伐，箝制如飛行般的速度，站穩馬步，重心降低，雙手忽地抓住蔡欣妤的雙臂，直接向後來了個過肩摔——行雲流水，看得毛穎德直想擊掌叫好！

只是現在不是時候啊！蔡欣妤被拋扔向和室去，毛穎德立刻拽了馮千靜就往樓下衝！

『啊啊——』蔡欣妤的尖吼聲傳來，急速逼近，馮千靜很想站穩回身對付，總比在樓梯上莫名其妙從背後被攻擊好吧！

只是才停下腳步，蔡欣妤就已經衝過來了——

「馮千靜！」

天哪！馮千靜耳邊聽見毛穎德的叫聲，一陣天旋地轉，她整個人往樓梯下方摔落了！

有沒有搞錯！她好歹也應該有反抗的機會吧？如果眞的是因爲跌落樓梯而摔死，這太丟臉！太不專業了！

「馮千靜？」

誰在叫她？這不是毛穎德的聲音，是女生的……馮千靜看著白色的天花板，感覺自己在墜落，顫了一下身子，眼界突然變得模糊，眼前的景象成了疊影，耳鳴大作……怎麼回事？

等——等一下——不痛？

馮千靜睜開眼睛，赫然發現四周靜得嚇人，她竟處在昏暗之中，隻手扶著牆壁，人正坐在倒數兩階的階梯上，一隻腳伸得忒長，另一隻腳曲著，是差點打滑的狀態。

「呼！嚇死我了！」她自言自語著，但是這聲音不是她的！

自己拍拍胸脯，吁了口氣，重新站穩身子，然後繼續走下樓；她認得這裡……這是她家啊，她正從五樓走下四樓，屋子裡一片昏暗，沒有一盞燈是亮著的。

其他人呢？何家瑢、陳傳翰……張成明跟毛穎德都不見了？誰關的燈？電視又爲什麼是開著的？

「我把鹽水喝下去了，糟糕！」再度自言自語，她趕緊喝下所剩無幾的鹽水，再度含著。

怎麼回事？馮千靜小心翼翼的往下走，這個身體是她又不是她……下到四樓，電視機仍舊開著，經過外頭酒櫃的玻璃前時，她看見了玻璃反射的自己——是蔡欣妤！

咦？她詫異不已，完整無缺的蔡欣妤，正帶著緊繃的神色在客廳裡走——等等，這是蔡欣妤出事那天的情況嗎？她爲什麼在蔡欣妤體內!?

蔡欣妤很緊張，她躡手躡腳的走到浴室門口，還做了好幾個深呼吸，才緩緩的把浴室門給推開，然後準備抓起浴缸裡的娃娃，要做結束的動作——嗯？蔡欣妤拿著手機往浴缸裡照著……

沒有娃娃！她嚇得倒抽一口氣，因此把鹽水給吞進去了！

「咳咳！咳咳咳！」鹽水嗆著了她，她咳個不停，心跳也因恐懼而加速！

怎麼會這樣？她慌張的開始在浴室裡尋找，「我剛剛明明把它放在浴缸裡啊，掉出來了嗎？」

蔡欣妤連馬桶都找了一遍，就是沒看見向日葵的身影，她又慌又怕，開始撥打手機，「怎麼辦怎麼辦？娃娃怎麼會不見！可是我又不能開門……」

砰——外頭閃爍的燈光，砰砰作響，蔡欣妤被嚇了一跳，緊張的朝客廳的窗戶往外瞥了眼，看樣子是煙火。

她焦急的走出來，手機那頭響著，但是沒有人接聽……再換號碼，依然沒人接，她開始對著木門高喊，「有沒有人在？何家瑢？林宜臻？娃娃不見了啊！」

門外竟一陣靜謐，鴉雀無聲。

「怎麼這樣！」蔡欣妤哭了起來，她打開手機的手電筒，開始在客廳裡尋找，「在哪裡……娃娃到底在哪裡……馮千靜！馮千靜！」

聽著蔡欣妤叫自己的名字，馮千靜只有滿腹的不爽！

她沙發上、餐桌下全部搜了一遍，連沙發上的靠墊也都拿起來，邊找邊哭，一邊發著抖，然後昂首看著樓梯，她在想，是不是應該回到和室去，再重新走一次流程。

「水……鹽水……啊！」她驚覺的摀上嘴，她忘記含鹽水了，而且水杯呢？慌張的旋身要回廁所去，卻聽見鏘的一聲，來自於某個角落……咦？她緩緩回身，有聲音！

她盯著三人座的沙發底下，聲音是從裡面傳出來的，遲疑了幾秒，她站在茶几邊全身發抖，遠處煙火聲正砰砰響著，手上的手機不管撥了幾次，就是沒有人接。

終於，她趴了下來，戰戰兢兢的往沙發底下看，看到了向日葵！

向日葵倒在裡面，就在沙發底下！啊！蔡欣妤喜出望外，焦急的趨前要伸手去拿，手一往沙發底下探去——嗯？撲了空？

怎麼會這樣？她挪近身子更往前，伸長了手往底下摸，左邊……右邊，沙發底下好髒好多灰塵，她的手滑來滑去，怎麼就是摸不著那隻娃娃！

搞什麼！蔡欣妤心急的俯身貼近地板，想要看那隻怎麼抓都抓不到的娃娃在哪——向日葵正趴在沙發另一端的地上，咧開了嘴得意的笑著，大眼睛瞇了起來，右手緊握著水果刀，朝她歪了頭。

「哇啊——」蔡欣妤失聲尖叫，驚恐的向後彈起，同時間那娃娃直接往前滑，左手二話不說就鑽入了她的口中！「呃——」

娃娃相當使勁，小手直伸進蔡欣妤的喉內，她立刻無法呼吸，更別說發出尖叫聲了！蔡欣妤驚慌得掉了手機，現在的她已經不在意手機了，雙手緊緊拉著娃娃，想把它從口裡拉出來！

但是，無論她怎麼使力，娃娃都無動於衷！

救命、救命啊！蔡欣妤砰的倒地，她快喘不過氣了，雙腳不停踢動，一邊拉著洋娃，一邊抵著向日葵持著刀子的手……有鬼！有鬼啊——她索性握住娃娃的身體跟手，制止刀子刺下，手被劃了好幾刀，恐懼凌駕一切，爲什麼娃娃會動!?爲什麼沒有人救她!?

她伸長左手，拼了命想去拿掉落在旁的手機！

『換妳當鬼了，蔡欣妤！』娃娃尖笑著，『總該換你們當鬼了！』

娃娃身子突地再往下，它的棉布小手直接戳進了氣管裡，蔡欣妤瞪圓雙眼，直覺鬆開手，往頭部去……好痛苦，她不能呼吸了，她眞的——剎！

劇痛自心窩傳來，娃娃狠狠的一刀刺進她的心臟，嫌不夠深，再用力把刀子往心窩裡埋。

啊……蔡欣妤張大了嘴，娃娃滿意的把手給抽出來。

她可以呼吸了，可是……迷濛的眼裡是站在她胸口的洋娃娃，那哪是洋娃娃啊，猙獰扭曲的臉、瞇起的雙眼、佔掉圓頭一半的血盆大口、嘴裡尖牙遍佈，這會兒還咯咯笑著。

『換妳當鬼了，嘻嘻……』娃娃笑著，突然一軟，咚的往她的左肩倒了下來。

熱濃的液體急速噴湧，蔡欣妤倒在地上抽搐著，她顫抖流淚，緩緩的往左邊看去，透過娃娃的背部，看著她的手機……她的手機在發亮，有人打電話來了，是林宜臻？還是何家瑢……？

不，不管是誰，爲什麼你們剛剛都不接電話!?爲什麼把我扔下來了!?

爲什麼——

「喝——」馮千靜狠狠倒抽一口氣，瞠著雙眸，仰起身子，眼前是雪白的天花板及刺眼的燈。

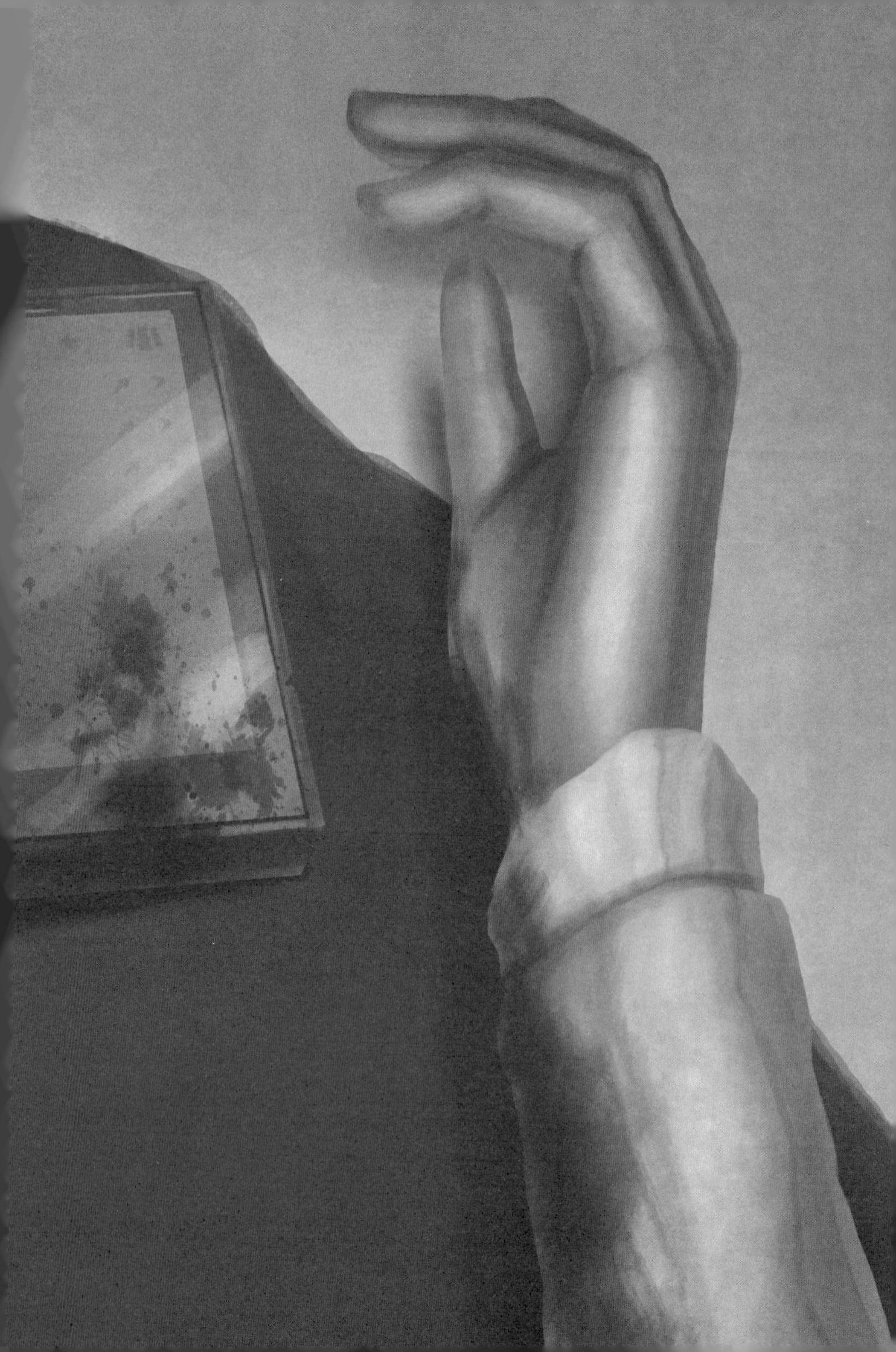

「馮千靜！」毛穎德的頭立即塞過來，他及時拉住了她的身子。「能站嗎？」

她雙手立刻緊攀住他的雙臂，挺腰坐起來，這才發現她已經摔下來了，只是因爲毛穎德的拉住所以後腦勺沒有悽慘的觸地，她仰望著斜上方的樓梯跟那扇未閉的門，飛快的扣著毛穎德起身，踉蹌的退後著，直到貼上了牆，慌張的探視自己胸口與頸子……

「喂！妳還好嗎？」毛穎德問著，他的右手高舉對著樓梯，掌上纏著個護身符。

「毛穎德你剛剛……怎麼辦到的？爲什麼蔡欣妤像被彈開一樣摔進五樓？」何家瑢趕緊向前，朝毛穎德身邊靠攏。

「馮千靜？妳怎麼摔下來了？還好嗎？」陳傳翰也趨前問著，剛剛大家急著衝下來，身後就一陣砰磅，竟然是馮千靜失足絆倒。

「該、該死！」馮千靜緊咬著牙，一雙眼帶著怒氣，一一掃視著眼前的同學們！

她終於知道，遊戲一直不會結束的原因了！

那個娃娃，不只是他們召喚來的東西，重點是蔡欣妤的亡靈，還有被棄之不顧的恨意！

那天晚上，何家瑢他們扔下了她！

「她有打電話……」馮千靜咬牙切齒的說著，「那天晚上，蔡欣妤打了好幾通電話給你們，爲什麼沒有人接!?」

咦？這句低吼讓毛穎德驚愕，何家瑢他們更是臉色刷白！張成明戰戰兢兢的斜眼往樓上瞧，深怕蔡欣妤隨時會衝出來似的。

「妳在說什麼？那天晚上我們什麼都沒……」何家瑢沒辦法像平常說得這麼流暢，因爲她一雙眼也只注視著五樓的門。

「少來了，我剛剛都看見了！她打了好幾通電話，沒有人接，衝到門邊去也沒有人回應——」馮千靜緊壓著胸口，她覺得好像還很痛，「娃娃整隻手跟半個身體都塞進她嘴裡，堵住不讓她尖叫，她就在那裡恐懼的掙扎，然後被一刀刺進心臟……那時你們才回撥。」

「不是……並沒有，我們是因爲時間太久了，所以才打電話給她！」何家瑢居然怒氣沖沖的回吼著，「妳憑什麼指責我們！無憑無據的……」

「蔡欣妤要殺你們還需要什麼證據啊！」馮千靜厲聲大喝，「是你們見死不救在前！如果你們接了電話，她就不會被娃娃殺了！爲什麼不接電話!?」

沒接電話……當娃娃被某種東西驅使而開始移動時，蔡欣妤打電話求救了！在一個人的捉迷藏中，原本就要有朋友在門外待命，就是以防突發狀況，結果她打了電話，外面四個人卻無動於衷……這不該是故意的，畢竟最後還是有回撥。

「難道是……」毛穎德下意識往窗外看去，「煙火！」

「什麼？」馮千靜緊皺眉，「現在提煙火做什……煙火、煙火，對，她打電話時外面在放煙火，你們因爲煙火沒有聽見手機聲嗎？」

「胡扯，握在手上的手機會不知道發亮！」毛穎德搖著頭，「窗戶在四樓半的地方，他們必須往樓上走，在四樓半的窗戶往外看才看得見煙火……守在四樓門前是看不見的！」

但是，剛剛在樓下時，不管是何家瑢還是陳傳翰他們，都說了兩個星期前也看過那燦爛的煙火——不是煙火的聲音掩蓋了手機，而是因爲他們都跑上去看煙火了！

眼睛顧著欣賞夜光中綻放的絢爛，忽略了手上的手機，響再大聲也會被煙火聲蓋過，直到煙火放完後，才會再度看向手機，那時才發現蔡欣妤的未接來電，卻爲時已晚！

「我們不知道會出事啊！」最膽小的張成明終究抵抗不過壓力，「我們聽見煙火時嚇了一跳，何家瑢回身說想去看看煙火，我們就都跑上去了……之前每個人都沒事啊，我們想著等等遊戲結束蔡欣妤就會出來了！可是、可是——」

『沒有人接電話……』五樓的門口，倏地站出了胸口全是血的蔡欣妤，『我被娃娃堵住了聲音，我掙扎著、踢著、叫著，根本沒有人在門口……』

「啊啊啊……」何家瑢嚇得步步後退，「不是故意的啊！爲什麼妳會出事，爲什麼那個娃娃會動我們不知道！」

「這還有爲什麼嗎！你們玩的是都市傳說啊，這跟玩錢仙筆仙一樣，有什麼東西會被召來根本不得而知！」毛穎德怒斥著，「你們連續召喚了三次，再不來都對不起你們！」

「對不起對不起！我們進去時已經來不及了啊！」陳傳翰雙手合十，置於頂上低首著，「明明只有一下下的……」

這一下下的分神，卻讓蔡欣妤呼救無人。

「不對……可是爲什麼沒有通聯紀錄？」馮千靜想到更重要的事，「你們說蔡欣妤沒有求救，警方也這麼認爲……只有林宜臻打給她的紀錄——」

馮千靜睜著眼望向何家瑢，她心虛的別過頭去，陳傳翰只是腰彎得更低，張成明咬著唇還在哭，右手倏地指向了何家瑢，「她刪掉的！她跟林宜臻說不能讓別人知道我們沒回應，這樣很難解釋……所以、所以她把來電紀錄刪掉了！」

那支躺在血泊中的手機，蔡欣妤死不瞑目的屍身旁，何家瑢還能小心翼翼的刪除撥出紀錄……她要是蔡欣妤，死也不甘願啊！

「你閉嘴，這是大家同意的！」何家瑢氣急敗壞的瞪向張成明，「萬一警察問起來怎麼辦？我們不能說我們跑去看煙火啊！」

「蔡欣妤！是他們這樣做的，她要去看煙火時，我有說過那妳怎麼辦的！」張成明像是央求著，「他們說玩完妳就會出來的，是他們……」

陳傳翰不可思議的看向張成明，一把推開他，「你真噁心！現在就想自保了！」

「我沒說錯啊，保證沒事的是你們……我真的有想到她！」

『都一樣……』蔡欣妤無視於他們的爭執，只是舉起手上的刀，『換你們當鬼了，都要跟我一樣……當鬼……』

電光石火間，它縱身躍下木梯！

馮千靜下意識貼緊牆壁，毛穎德貼上她的身體，蔡欣妤從中途翻出樓梯，擎著刀就朝陳傳翰刺去！

「哇！」陳傳翰嚇得後退，蔡欣妤先是撲了空，但是下一秒立刻再撲上！

「對不起對不起！」

他伸出雙手擋著蔡欣妤，她齜牙裂嘴的想扣住他的身體，『對不起沒有用的，遊戲一定要結束！』

「要怎麼結束？」毛穎德聽見了關鍵字，「每個人都當過鬼嗎？」

蔡欣妤緩緩的回過頭，不屬於人類的臉龐泛著青光，『這不是我能決定的……』

什麼？馮千靜狐疑的瞅著她，「難道是……娃娃？」

『你——們——不知道，你們召來了什麼！』蔡欣妤忽地歇斯底里，『連續的、不斷的召喚，你們召來了可怕的東西啊！』

「不要推卸責任，妳自己也有召喚。」毛穎德拉過馮千靜，他們必須到更可以活動的地方。

『啊啊啊啊……』蔡欣妤仰天哭著，她既恐懼又悲痛又忿怒，所有情緒都在波動，馮千靜戳了毛穎德一下，惹怒亡靈一點都不是好法子。

「她要有理智會這樣嗎？連林宜臻都殺了！」馮千靜低喃，「每人都得當鬼，這是目標，而且我也知道順序了！」

「順……順序？」躲到兩人沙發邊的何家瑢抖著音問著。

「蔡欣妤求救的順序。」她睨著何家瑢，「蔡欣妤先打林宜臻的電話、再來是陳傳翰、然後才是張成明！那天娃娃到學校廁所不見得是找我，說不定是在找林宜臻！」

林宜臻那天有進女廁洗手，娃娃應該是追蹤她而至，只是剛好馮千靜也在，即使未得手，娃娃一樣可以在林宜臻家裡解決她！第一個未接電話的人，這就是林宜臻第一個死亡的原因！

張成明躲進了餐桌下方，陳傳翰已經掙扎的爬起靠在酒櫃上，慌張的打開酒櫃，拿出裡面的一瓶酒抵禦，「不要過來！蔡欣妤，妳死就死了，不要來找我們！」

『啊！』蔡欣妤手一揮就把他握著的酒瓶擾掉，酒瓶落地鏗鏘，陳傳翰伏低身子往廚房的方向跑去，卻軋然止步！

「啊啊……林宜臻？」陳傳翰驚呼出聲，與廚房一直線的何家瑢跟著發出尖叫。

馮千靜還沒看清楚，就見到廚房裡衝出一個人影，朝陳傳翰飛撲而去，直接將他撲倒在地！毛穎德見狀即刻把馮千靜拉到對面的酒櫃，拉開與亡者們的距離！

林宜臻眞的壓在陳傳翰身上，她全身一絲不掛，可以看見胸口青紫色的裂口，血正不停從裡面流出來。

「宜臻……林宜臻！」何家瑢站在兩人沙發上尖叫著，「爲什麼!?爲什麼連妳都這樣!?」

『呼……』林宜臻猛然抬首，全身濕透滴水的她，有著哀怨的眼神，『我們召來了……不該召喚的東西……』她說著，低首壓著陳傳翰的身體，『換你當鬼了！陳——傳——翰——』

「不要！」陳傳翰揮舞著手腳，驚恐的眼瞪大看著下方四點鐘方向的張成明「救我！快把我拉出去，快——」

『嘎呀——』蔡欣妤舉起刀子，直接刺了下去。

馮千靜一度想往前，卻被毛穎德拉住，她遲疑了兩秒放棄這樣危險的救援，有兩個鬼，她哪有辦法同時應付！

「哇啊！哇——」第一刀刺進了陳傳翰的肚子裡，他上身整個拱起，痛到大叫，「救命救命！」

『扔下我！扔下我——叫你們扔下我！』蔡欣妤近乎抓狂的竟然一刀不夠，又繼續猛刺，『爲什麼不接電話！爲什麼沒有人救我！看煙火，你們竟然沒有守著我！』

鮮血飛濺，沒有人見過這種景象，所有人都傻了，看著紅色血珠啪啪亂噴，林宜臻蒼白的臉只是壓著陳傳翰因劇痛而扭動的身體，雙眼載滿悲哀，她也是扔下蔡欣妤的其中一員。

說是鬼，其實外形還是人，只是那死白的肌膚跟猙獰的面孔不像人類，還有胸口的刀傷，論其情感，他們的激烈度凌駕在世時的波動……因爲夠恨，那刀子瘋狂的朝著陳傳翰肚子戳刺，聽著噗嘰噗嘰的聲響，不必看都知道陳傳翰的肚子根本被戳爛了。

但是他的叫聲只是越來越悽厲，蔡欣妤絲毫沒有罷手的意思，看著肚子裡的東西隨著刀尖都扔出來了，她還在戳！紅血漫流一地，蔡欣妤殺紅了眼，身下的陳傳翰聲音漸息，她瞪著他的雙眼，怒不可遏的貼上他的鼻尖。

『沒有人來救你的感覺，滋味如何啊？』蔡欣妤高舉起刀子，狠狠的從他的心窩刺下去，終於。

換陳傳翰當鬼了。

第十一章 換誰當鬼了？

刀子刺入身體與內臟的聲音與腹腔不同，但聽來依然令人膽寒，刀尖一半以上都沒入心臟，蔡欣妤是非人，不會有狂殺後的喘氣，她只是滿意的看著陳傳翰瞪圓的雙眼，然後緩緩的抬首，瞪向正前方踩在沙發上的何家瑢。

『是妳提議要玩的……』蔡欣妤倏地拔起刀子，鮮血跟著刀尖噴出，『還要我們一定要待在門口……』

「只有妳出事！這不能怪我們！」何家瑢驚恐的大叫著。

蔡欣妤離開了陳傳翰的身上，踏進他的血灘卻沒有足印，觸碰到了他們設置的鈴鐺機關，屋子裡鈴聲大作，只是蔡欣妤不爲所動。

望著橫死的陳傳翰，馮千靜還在努力消化鬼殺人這樣的事情。

下一秒，蔡欣妤倏地向左轉來，血紅的雙眼瞪向馮千靜——然後是他旁邊那餐桌底下瑟瑟顫抖的張成明。

『躲，你最會躲！』蔡欣妤頭直接轉了九十度，身體才緩緩轉過來，『你都沒錯，你最善良……我也打了你的電話了！』

「妳、妳爲什麼不開門!?」張成明立刻把錯推回去，「那麼可怕的話我早就開門逃出來了！」

乍聽之下也頗有道理，但是現在這種局勢互相推責好像沒有用處啊！

『見死不救！』蔡欣妤瞪向一旁的林宜臻，『拖他出來！』

餘音未落，餐桌的椅子全數自動往外拉開，還差一點打到馮千靜，他們兩個往沙發的方向退去，毛穎德回頭看著樓梯，他總覺得五樓還是最佳的避難點……至少還有彌勒佛啊！

「哇啊啊！」張成明連滾帶爬的從桌子底下爬出來，蔡欣妤直接上前擋住他的去向，嚇得張成明倒車想從另一邊離開，林宜臻卻守在那兒。

『不必躲了……』林宜臻揪著他往地上甩，『我們誰都逃不了的！』

「林宜臻！妳也不甘願啊，莫名其妙就死了，妳一定要救我們，妳也是鬼……」張成明哭喊著抵著她，「跟蔡欣妤反抗啊！快幫我們！」

『我們都得當鬼……遊戲才會結束。』林宜臻幽幽搖著頭，『一開始就……不該玩的……』

悲悽的聲音聽來讓人動容，可以感覺得出林宜臻也是不得已的，她是被殺害的人，與蔡欣妤的被扔下全然不同。

「蔡欣妤的恨意跟那個娃娃結合，才變成這麼凶狠……要化解她的怒意才有可能解決這一切。」毛穎德沉穩的說，在他眼裡，蔡欣妤根本就是一個厲鬼，騰騰殺氣籠罩全身啊！

「要我也氣死了，怎麼化解怒意啊？」馮千靜不耐煩的嚷著，因爲當時其他人眞的因爲顧著看煙火，放她一個人送死啊！

不管是故意還是不小心，事實上她就是在恐懼中死亡，面對突然有邪惡附體的娃娃，被塞住嘴、被捅心窩，唯一可以救命的朋友們都在看煙火，這誰能原諒？

太難了！

「我不要死！」張成明大喝一聲，用雙腳踢開林宜臻，慌亂的起身往廚房的方向踉蹌。

廚房旁是何家瑢的房間、再隔壁就是那間詭譎的廁所，短廊底有面全身鏡，張成明現在的空間只剩下廚房、廚房外的陽台跟那間廁所，再也無處可躲！

他慌張的衝進廚房，聽得刀子摩擦聲，張成明從刀架中抽出一把菜刀，轉過身面對著門口，兩隻手抖個不停，看得馮千靜好怕菜刀掉下去砸中他自己的腳！

「滾開！這不是我們的錯！不是誰的錯……」張成明激動的哭喊，「這是妳的命能怪誰啊！」

「好爛的答案。」馮千靜低喃著，從手上解下布條，看起來只是個民族風的裝飾，她拆下來卻是條挺寬大的頭巾。

抓著對角開始扭轉，馮千靜正把方巾扭成長條狀，然後小心的走向廚房。

蔡欣妤意外的沒追殺沒動作，只是站在門口，手上的刀子依然緊握，躺在地上的陳傳翰仍在流血，馮千靜經過他身邊時得閃過一大片的血窪，他的肚子全數被戳爛，凹了一個深窟窿，彷彿只剩皮與骨。

張成明哭著鬧著喊著，一邊後退，直到撞上了通往陽台的紗門。

才四樓，他想著，從陽台跳下去也比在這裡等死好——這麼想著，他飛快地回身，想要打開紗門！

手擱在橫門上卻僵住了，因爲紗門那頭，曾幾何時站了他熟悉的同學，面無表情、肚破腸流、雙眼無神的陳傳翰。

『該換你了……』陳傳翰一字一字，緩緩的說。

又一個!?毛穎德驚訝的盯著地上的屍體，居然這麼快就成了可以驅使的亡靈了！

「哇啊！傳翰！」張成明驚覺到自己被包圍了，「不要鬧了！你怎麼可以幫她！」

『換你當……鬼了……』陳傳翰歪著頭，說話跟動作似乎都還快不了，於此同時，林宜臻也走了進來。

『誰都逃不過的，一定要……每個人都當鬼。』林宜臻悽愴笑了起來，『一開始玩的時候，不就是這樣……想的嗎……』

趁著所有人都背向客廳，毛穎德指向何家瑢，示意要她往樓上去！她驚恐的搖頭，和室沒有效用，爲什麼還要她上樓？

她戰戰兢兢的望著十點鐘方向的大門，可以……出去嗎？

「救命！何家瑢──馮千靜！」張成明在裡頭聲嘶力竭的喊著。

就在這空白的瞬間，何家瑢突地跳下沙發，筆直衝往大門，毛穎德見狀即刻衝上前攔阻，同一時間，蔡欣妤居然倏地回身，大跳就往這邊衝過來了──那是跳嗎？正對著她的馮千靜看著蔡欣妤離地後就沒落地，這根本是飛吧！

衝出來的何家瑢措手不及，蔡欣妤的刀子即刻從上臂刺入，『何家瑢，換妳當鬼了！』

「喝啊！」一旁的馮千靜雙手握拳，居然二話不說朝著蔡欣妤俐落一記飛踢！

很好，它們能殺人，就表示碰得到，碰得到她就可以有揍人的機會了！

「啊啊……」何家瑢撫著肩膀哭嚎，踉蹌朝門邊去，但毛穎德伸手擋在門把上，阻止欲開門的何家瑢，她氣惱的想推開他，爲什麼不讓她出去？

「遊戲不能中斷，別忘了初衷。」他沉著聲，抓住她不停打他的手，一邊回頭注意眞的被踢飛的蔡欣妤。

那記飛踢踢得又狠又準，瞧馮千靜架勢十足，她一定是練家子！

「都要死了還管什麼中斷！」何家瑢痛得哭喊，「再不逃就沒命了！」

「逃了也沒命！林宜臻不是連洗個澡都死了嗎！」馮千靜趁機到門邊，一把抓住何家瑢的衣服就往沙發上扔，「妳不要鬧，害我們想結束遊戲的都受牽連！」

蔡欣妤被踢往牆面，卻在應該撞擊的瞬間消失，林宜臻的殺氣不足，張成明一見到蔡欣妤消失就慌張的衝出廚房，朝著客廳這裡奔來，一路上鈴噹作響，聽得令人生厭。

張成明慌張過度，一腳踩上陳傳翰的血窪，瞬間就滑了個四腳朝天，摔落在地。被恐懼侵蝕的他才撐起身子，就看見那被捅爛的腹部，放聲大叫！

「哇啊！天哪天哪！」他雙手掩面，卻掩上一堆黏膩的血，「不不！」

「眞的很吵！」馮千靜不耐煩的唸著。同一時間，兩旁的酒櫃的門一一敞開，蔡欣妤從裡頭冷不防再度竄出，離張成明只有兩步距離。

一刀劃過，張成明人小鑽得快，刀子劃過了他的手臂不算得逞，他朝著馮千靜踉蹌奔來，蔡欣妤舉著刀伸手就要抓住他的後衣領。

布條倏地從旁而至，俐落的纏上它的手腕，蔡欣妤一陣驚愕。

「我說眞的，鬧夠了吧！」馮千靜雙手各握著布條的尖端，倏地將蔡欣妤手腕向上抬，毛穎德則趁機把張成明給拉走，遠離蔡欣妤的刀勢之下！

『馮——千——靜！』蔡欣妤不可思議又怒氣沖沖的尖喊，『會輪到妳的！妳急什麼！』

「現在是換陳傳翰當鬼，妳又急什麼？」馮千靜拉緊布條，硬轉扭了蔡欣妤的右手。

原本是想藉此制住它的動作，不過她忘記面對的已經不是人了，只見蔡欣妤猙獰一笑，主動讓右手手骨原地喀喀轉動一百八十度，骨頭與韌帶盡數脫離的劈啪聲傳來，令旁人都感到痛！

陳傳翰已經緩慢走出，與林宜臻是一樣的無奈神情，但是他繼續往前走，彷佛在應和馮千靜說的，輪到他當鬼了。

蔡欣妤的刀子突地從右手換到左手，疾速而流暢，若非馮千靜的運動神經極爲發達，差一點就被刺中了！她用布條阻擋閃過，毛穎德趁勢上前，把她向後拉退兩步後，伸出自己的右掌。

『咦？』蔡欣妤瞬間以手遮臉，而林宜臻跟陳傳翰立刻彈飛向後，『呀——』

就是這個！原本縮在茶几與沙發間的何家瑢欣喜若狂，剛剛毛穎德在樓梯間時就是這樣子讓蔡欣妤飛走的！

「那是什麼？好厲害！」她焦急的喊著，「還有沒有？」

馮千靜拉過他的手，就是個平安符。「平安符？醬子有用嗎？」

「只是暫時而已，等一下他們還是會再起來……」毛穎德望著跌得悽慘的林宜臻跟陳傳翰，「好像對他們兩個比較有效啊……」

因爲蔡欣妤這會兒正掛在餐廳上的水晶燈上頭，忿怒的齜牙裂嘴！

「有效就好！」她也忙不迭的拿出自己求的，回頭轉向躲著的兩個人，「喂，學他，拿護身符這樣纏著，他們抓你就拿去貼他們的臉！」

護身符……何家瑢跟張成明焦急慌忙的拿出自己求的平安符，他們當然有求，但是以爲戴在身上就有用了啊！

「你跟著我，見機行事喔！」馮千靜一邊說，居然筆直朝著緩慢起身的陳傳翰身邊去，他們兩個行動都不快，陳傳翰慢到腹腔拼命滴血，側面看過去，他就像胸膛以下凹了個洞，然後才接上臀部。

毛穎德眞不知道她哪裡來的勇氣，他根本連碰都不想碰，腦子裡只拼命想著該怎麼樣得到一個避難間哪！

『妳也要當鬼的！』蔡欣妤冷不防的從水晶燈上一躍而下，不愧是鬼，沒有體重似的輕盈。

馮千靜忽地伏低身子，向上一記右勾拳……啊啊，毛穎德看得是瞠目結舌，她這種反應力跟力道到底是哪裡來的啊!?

「誰叫妳用我名字的！我早就當過了！」伴隨怒吼，蔡欣妤的下巴瞬間被打掉。

打鬼的感覺是什麼?馮千靜甩甩手，馬的還是會痛！她沒有遲疑的滑向轉過身的陳傳翰，一記刺拳向他的臉龐，手肘揮向林宜臻，從後跟上的毛穎德將右手貼上落地的蔡欣妤，傳來的是忿怒的尖吼，它倏地朝浴室裡衝進去。

隱匿並不好，毛穎德不安的瞪著那間廁所，那是遊戲的起源，躲進去很像會HP全滿的感覺！

馮千靜拿著方巾做成的布條二話不說圈住兩位亡者同學的手，陳傳翰綁右手、林宜臻綁左手，緊緊繫住，兩個新生亡靈尚且丈二金剛摸不著頭腦，馮千靜已經回身叫著毛穎德。

「喂！你會不會施什麼法啊？我把護身符纏上去，能不能讓他們不再行動？」這麼說時，馮千靜的確把自己的平安符繫上它們雙手了。

「妳當我道士啊！我就只是有感應而已！」毛穎德不耐煩的說著，眞這麼威他需要在這邊躲嗎！

不過單單繫上護身符就足以讓新生亡靈恐懼不已，陳傳翰怒吼大叫，林宜臻尖叫著扭動身子，兩個人都歇斯底里的亂跳亂撞！

哇，馮千靜節節後退，看他們痛苦又撞牆又掙扎著，感覺多少有點用……只是有抹黑暗闖入眼尾餘光，她徐徐向右，看向這短廊底那面全身鏡。

映著她與毛穎德，還有一大團黑紅色的氣體，像個人形，龐然大物，唯有一雙發亮的紅眼熠熠有光。

「天……」毛穎德即刻拉走馮千靜，「好可怕的邪氣，快走啊！」

餘音未落，那面全身鏡竟應聲而碎，鏡片四散飛掠，但是毛穎德已經將馮千靜拉走了，他們聽著聲後的鏗鏘聲，伏低身子往客廳去，站在客廳那兒的兩個同學還在那邊纏著護身符，被鏡面碎裂聲嚇了好大一跳！

「怎麼回事？」何家瑢害怕的尖喊著。

毛穎德感覺到後頭一股壓力襲至，未經思索的突然罩住馮千靜的後腦勺，瞬間把她往地上壓去——問題是，前方就是陳傳翰的屍體啊！

馮千靜千均一髮的將毛穎德往酒櫃的地方撞去，雙雙落地，卻至少避免壓上陳傳翰的屍身……血是必定沾上了！

有某種東西似乎撲了空，繼續往前方衝去，何家瑢瞪圓了眼，張成明親眼看到有股黑影直衝向她的身體——砰！

何家瑢應聲向後倒上沙發，兩隻眼瞪得圓圓的，眨也不眨，像尊娃娃般的向後躺在沙發上。

馮千靜被毛穎德護在身下，皺著眉將他往上推，急著撐起身子朝廚房的方向看去，只瞧見一地的碎玻璃……什麼都不存在，連陳傳翰跟林宜臻都不見了。

「起來……」她叼唸著，不客氣的推著他。

「欸……妳輕一點！」毛穎德慌亂的用手撐著，「我手上都是血會滑，不要這麼急！」

血……是啊，他們兩個躺在陳傳翰的血窪附近，身上腥臭濕黏，毛穎德好不容易才撐著身子站起來，看著一雙鮮血淋漓的手還不知道該怎麼辦！

「怎麼都不見了？」馮千靜狐疑的問，用手掌戳了他，「快幫忙看看！」

「看什麼？這邊就一片黑。」毛穎德整個人全身不舒坦，兩個人往客廳走去，直接抽過桌上的衛生紙擦掉滿手的血，「但是有東西差點衝上我們！」

「什麼東西？」這就是他突然壓倒她的原因嗎？

只見張成明側身站在何家瑢身邊，不安的皺眉指向她，「黑色的……衝進何家瑢的身體裡了！」

咦？毛穎德瞬間看向何家瑢，狠狠倒抽一口氣——「快點離開她身邊！」

剎那間，何家瑢整個人跳起來，雙手高舉就掐向了張成明！

「呃啊——」張成明被推撞上牆，根本措手不及，手上的菜刀應聲而落！

同時間何家瑢立馬鬆手，彎身就拾撿那把菜刀，二話不說朝張成明劈砍而去——

馮千靜跳上茶几，直接滑壘過去，踹開了何家瑢！

張成明嚇得魂飛魄散，向旁邊倒下，毛穎德繞進茶几裡把他往外拖拉，一雙眼沒離開過那倒向沙發又立定跳起來的何家瑢！

「她被附身了！」毛穎德大喊著，「妳小心一點！」

「附身？」馮千靜才在困惑，何家瑢就操著菜刀揮來，「附身比較好，是人就更好辦！」

馮千靜坐上茶几，以臀部為圓心轉個圈從另一邊滑下，何家瑢立即跳上桌面，沒有直接劈向馮千靜，轉了三十度，衝向的是毛穎德——喂，關他什麼事

啊！

毛穎德立刻閃躲，落地的何家瑢沒有稍事休息，一腳踹向就近爬行的張成明，菜刀由後直接往他肩上就是一劈——「哇啊！」

慘叫聲傳來，在地上爬著的張成明痛得哀嗚。

「喝啊！」馮千靜驟然跳上何家瑢的背部，直接纏住了她的身體！

馮千靜先以左腳勾住她的右腳，下一秒直接順勢將何家瑢的身體向右壓下，再用右腳壓住她的頭部，接著將左手繞過何家瑢的右手腋下緊緊鎖住。

須臾剎那，何家瑢被壓制在地動彈不得，無論如何都掙不開馮千靜的箝制！

喔喔喔！毛穎德看得目瞪口呆，這是、這是傳說中的卍字固定法嗎!?

「啊啊……嗚啊……」地上趴著一個正在噴血的人，毛穎德還在為這固定法讚嘆。

「曖呀，你不要只是會哭跟叫好嗎！」毛穎德順手抽過沙發上的布巾，將張成明一骨碌拉起，「馮千靜！上樓！看能不能拿到何家瑢的護身符！」

「快上去！」馮千靜咬著牙說，何家瑢的力氣超大……不對，附身的力氣可眞大，眞的像有三個人一般難纏！

毛穎德拉著張成明往樓上走，何家瑢喉間發出詭異的聲音，急著想掙脫馮千靜往上追去，倏地翻過身，讓馮千靜變成壓在她背上，緊接著狠狠往茶几撞去！

馮千靜發現到自己即將被撞向桌子時，即時鬆手往桌面上跳去，何家瑢又是連腰都不必彎的一骨碌立直身子，右手一揮，菜刀橫劈而來！馮千靜伏身閃過，左右手一前一後的先是架住何家瑢的右手，然後右手掌抓住她的衣領，就往邊角的沙發上狠狠摔過去！

「不是針對妳！抱歉！」她一邊說，力道未曾稍減，根本是拖著何家瑢去撞牆的！

「啊——」何家瑢整個人撞上窗子再撞上牆，最後重重的摔上沙發，馮千靜趁機以手刀繳械，然後再抓起她的頭髮，往桌角敲下去！

嗡嗡聲在她腦腔裡迴盪，馮千靜沒有遲疑的扯下她掌心上的平安符，跳過沙發、跳過茶几，滑向陳傳翰的屍身邊，也拽下他頸子上的平安符，立刻朝樓上衝去。

沒跑兩階，燈光驟暗，讓馮千靜不由得止住步伐……她看著浴室廊下燈光熄去、接下來是客廳、廚房……然後，啪啪靜電音響，電視開了。

啊啊……她瞠著大眼向下看著昏黑不明的客廳，藍光閃爍的電視……捉迷藏開始了！

足音奔至，毛穎德緊張的站在門口往下望，「怎麼還不上……」一瞧見開啓的電視，他瞬間心裡有數。

馮千靜回身把手裡的護身符遞給他，兩人雙目炯炯有神，在黑暗中交換著訊息。

「我想到辦法建立避難間了。」毛穎德低語。

「我知道，你快去準備。」馮千靜向後兩步，「我要在這裡。」

「什麼!?」他以爲自己聽錯了。

「我想親眼看著那娃娃從浴室裡走出來找人。」馮千靜冷靜的說著，這根本是好奇心作祟吧！

反正廁所離木梯有段距離，她還有機會跑不是嗎！

有沒有搞錯？毛穎德抱怨著旋身往和室跑去，他覺得馮千靜跟夏天是一掛的吧！出發點不同但做的事有什麼兩樣嗎！

張成明還在和室裡哭哭啼啼，毛穎德早扔給他沙發布巾當包紮，他將彌勒佛放到神桌上，從神桌底下找出蠟燭跟燈擺正，再放上剛剛客廳桌上的水果，然後把手裡的護身符撕開，將香灰倒在紙門的軌道上。

這就叫死馬當活馬醫，因爲護身符、彌勒佛都能在這黑氣重重的地方發出微光、排開黑暗，他能做的只有擴大這個光亮。

香灰有用，隨著他倒在軌道上的延伸，就像一堵牆，漸漸的驅走黑暗，幽黑的氣息只能在附近徘徊……如果能暫時逼走亡靈，那應該就能阻擋它們！更何況至少還有一尊彌勒佛在，供品祭祀、蠟燭點上，等等再燃幾炷香，就算正式供奉了對吧！

心誠則靈心誠則靈，拜託一下他現在超虔誠的！

叮——清脆的鈴聲自樓下傳來，讓和室裡正忙碌的兩人都顫了一下身子。

來了！馮千靜深深吸了口氣，腳步輕移的再向上兩階，手機拿出來點開手電筒，讓她看看這燒不死的娃娃是怎麼走出來的！

噠噠噠噠，足音比過去輕快許多，聲音從廁所那邊傳來，因為被餐桌擋著看不見小小的娃娃，終於來到了廚房門口，又是一陣鈴鐺聲，它絆到了第一根線。

「聚光燈」打在餐桌椅腳邊，那戴著草帽的黃辮子娃娃終於現身了。

身上既是血汙又是灰燼再加上燒焦的痕跡，裙角都已燒壞，辮子也焦黑蜷起，手上依然拿著那把一開始的刀子，噠噠的轉了出來。

感受到LED燈照過來，它皺著眉抬首斜上，看見了站在樓梯上的女孩。

『馮、千、靜……妳好難找啊！』娃娃有一隻眼睛已經碎裂，現在看起來格外邪佞，『犯規的人，我明明找到妳了！』

「遊戲可不是這樣玩的。」她睨著娃娃，爲什麼它走路變快很多？因爲有更多的人當了鬼？更邪更厲了嗎？

蔡欣妤曾說過，他們召喚到什麼可怕的東西，以致於每個人都必須當鬼……說得好像曾經玩過的人都已經是「鬼」，或是必須是鬼。

娃娃踏上血窪，小小的鞋革踏出血花，它倒是不以爲意，還很開心的看著陳傳翰的屍身，咯咯笑著，在血窪裡舞了起來。

『一、二、三、四、五、六、七、八、九、十……好了沒？嘻嘻嘻……好了沒？』娃娃在血裡來個單腳旋轉，『我要來找你們了喔，找到誰，誰、當、鬼——』

電光石火間，那娃娃居然從下方十點鐘方向，倏地朝馮千靜飛過來了！

等一下！這是開哪門子的外掛啊，馮千靜即刻向後措手不及，那娃娃握著刀就朝她心窩飛至了。

「刀子連同娃娃，一起回到刀架去！」

第十二章 遊戲結束

毛穎德的聲音由後傳來，一隻手臂突然由後圈住她的身體向後提拉，另一隻手從後方伸出，指向了下方廚房的方向。

就在這瞬間，那娃娃連同刀子莫名其妙的往後摔落，而且用極其詭異的姿勢往廚房移動。

『什麼……不不！』娃娃扭取的往廚房去，中途跌倒了還自己爬行的繼續朝廚房前進。

馮千靜目瞪口呆，但箍著她的手臂一收緊，叫她站起，「走了！還發呆！」她沒時間搞清楚發生什麼事，只知道跟著毛穎德往五樓跑，他已經開了門邊牆上的小夜燈，拖著她往和室裡去，將紙門關上後，再在闔門處放上還有些許香灰的平安符。

「喂，你的交出來。」毛穎德朝張成明要著平安符，他連連搖頭，馮千靜索性上前粗暴的從他手裡搶走扔給毛穎德，然後幫他包紮肩上的傷口。

「那是——」張成明緊張的想搶回來。

「你有那個還不是被砍了，我們建個避難間有意見嗎？」馮千靜不爽的說，「你不要動，我幫你包紮，傷口不深死不了人。」

毛穎德逕自把護身符立在兩扇紙門的關闔處，然後旋身從案下取出香，拿火點上。「你們都過來點香拜拜，該做的動作還是做足比較好。」

望著馮千靜俐落的打上結，毛穎德發現她連包紮都很有一套。

「這樣子就行了嗎？」她接過香，樓下再度傳來鈴鐺聲。

「不知道，我也只是依樣畫葫蘆，反正有供奉有燒香有祈願，先做再說。」他剛剛就拜過了，香已入香爐。

馮千靜跟著拜拜，不只希望能渡過這關，更想把這個遊戲徹底終結掉；張成明吃力的握著香，拜得比誰都虔誠，好痛……他不想死不想死！

拜完後毛穎德主動為他們將香插進香爐裡，慶幸神像雖搬走，但其他東西都在，至少能好好的供奉彌勒佛；馮千靜扶著張成明坐下，交代不要動到自己的右手，不管發生什麼事都別扯這條三角巾。

「妳好會包紮。」毛穎德正把一堆蠟燭拿出來，一一點上，在桌案上滴蠟油。「看起來很漂亮！」

「這是基本的，總是不能再傷到筋骨。」她戒愼恐懼的盯著紙門，索性也拿了蠟燭幫忙滴蠟油，再將蠟燭固定上去，「你剛剛那招是什麼？為什麼娃娃這麼乖的聽話？」

毛穎德嘆了口氣，「那是言靈，我的話語有能力，能讓事情成眞……所以我讓它跟刀子回刀架，它就一定會回去，這是不可抗力，可以拖延時間。」

馮千靜傻住了，她瞠目結舌的聽著這種能力，「言靈……靠！這麼威不趕快用一下！你就說遊戲結束？還是惡鬼消滅，或者是——」

「就跟妳說我不是道士！」毛穎德無奈的立好蠟燭，「我一天只能用一次啦！」

馮千靜又愣住了，一天只能用一次？「那你為什麼不講別的話啊!?回刀架這種話你也說得出來，你應該讓它毀掉、燒掉，徹底下地獄才對吧？」

「我能力又沒很強，一天只能用一次不明顯嗎！而且很傷身妳知道嗎？消滅這種事我根本能力不及，我只能使用在日常中普通的事！」毛穎德認真的瞅著她，「要這麼厲害我還需要在這邊想什麼避難問嗎？一句話就可以讓它灰飛煙滅了不是嗎？」

馮千靜緊握飽拳，不甘願的皺著眉唉了聲，「你這種能力根本沒用！」

「再沒用剛剛也救了妳一命。」毛穎德挑高了眉，他又沒說過自己有什麼多強的力量！

呿！害她剛剛心中燃起一線希望，還想著他有這種能力幹嘛不乾脆把事情解決掉，誰曉得這麼弱啦！

上木梯的聲音清楚傳來，張成明又在那邊咿咿嗚嗚的低泣，她叫他咬住手不許哭出聲，人在壓力之下很容易不耐煩的，尤其是生死交關的現在，面對荒謬的亡靈什麼邪鬼的，她回去跟家裡的人說，誰都不會信！

叮……五樓的鐵門被推開了，毛穎德迅速按下和室裡的燈，讓大家都蹲下身子，緊鄰著神桌；神桌上燃滿著蠟燭，彌勒佛依然笑望世間，那是他之前去一間廟拜拜時，廟祝突然喊住他贈送的；或許他身上沾了什麼，總之這尊彌勒佛帶在身上，他總能通體舒暢，不管是什麼不乾淨的東西都影響不了他。

希望笑口常開的彌勒佛也能對付這個不知道是什麼東西的娃娃。

噠噠，娃娃步履輕盈，沒幾下就逼近了和室。

『又躲起來，又躲……』娃娃不悅的說著，『你們這些人要玩又愛躲，不當鬼遊戲該怎麼結束呢？』

馮千靜蹲踞著，維持隨時可以起身攻擊的姿勢，她的靈活度今天叫毛穎德大開眼界，改天一定要跟她討教兩招。

『張成明……』娃娃喚了張成明的名字，他嗚咽的往神桌底下爬去，立刻被馮千靜逮出來。『你在哪裡……嘻嘻，換你囉！』

紙門漸漸映出了娃娃的身影，再度因爲牆上的小燈讓它看起來無限巨大，手裡高舉著刀子，另一隻手就要貼上紙門，將門打開了——是有沒有用啊？馮千靜擰著眉看向毛穎德，手裡已經握著剛剛上樓時抄來的掃把，準備攻擊！

『啊——』在娃娃觸及紙門的剎那，它倏而向後，退了好大一段距離，『可惡！居然動手腳！』

馮千靜開心的笑了起來，不過才一秒光景，娃娃咻地又來到了紙門前，一刀咚的插在外頭的木階上，開始徘徊刮著。

『要玩就要玩到底啊……你們這群懦弱的傢伙，動用神佛的力量眞是不齒！』今天娃娃相當使勁，刀子在木板上刮出令人竄起雞皮疙瘩的聲響，『避難間，捉迷藏就是要被抓，要當鬼才有意思啊……嘻……』

糟糕。毛穎德斜眼望著兩側，和室兩側的紙門並非沒有灑，但是香灰量有限，那兒特別薄弱，他把香灰集中在正前方的紙門下，他沒遇過這種事，沒遇過比路旁地縛靈更可怕的東西！

『馮——千——靜——』聽見娃娃一再喊她的名字，馮千靜雙拳握得更緊了！

毛穎德旋身從香爐裡拿起香，這是他唯一能想到最好的武器，馮千靜凝視著彌勒佛幾秒後，先把之前在香爐裡的拿出來，分一半給張成明，再拿出一大把香

迅速膜拜，全數插入香爐之中，

「拿好。」她用氣音說著，塞在他可以動的左手裡，然後聞到一股異味。

低首看著抖個不停的張成明，我的天哪——她正首看向毛穎德，指了指跪坐在地上的張成明，他失禁了！

毛穎德無奈搖頭，這一點都不意外好嗎！張成明哭得比何家瑢嚴重很多！

『什麼味道，嘻嘻……誰嚇得尿褲子了？張成明是你對不對？』娃娃的聲音突然變成陳傳翰的，『不要怕，一下子就不痛了，我們都在這裡等你！』

『是啊，我們會在一起的。』接下來傳來林宜臻的聲音，『這裡有好多當鬼的人，喜歡捉迷藏的人……以後可以一起玩……』

「哇啊！我不要我不要！」張成明抱頭痛哭，「我再也不玩捉迷藏了！我永遠都不玩了！」

『你憑什麼不玩！』倏地，娃娃竟然瞬間繞到張成明那側去，『我們都當過鬼了！你憑什麼置身事外！』

這個怒吼結合了好多人的聲音，不只是林宜臻他們，還有更多不認識的人，像是一群人同時發出不平之鳴一樣。

莫名其妙，自己愛玩為什麼每個人就一定得被拖下水啊！

『這個避難間是沒有用！沒有神佛怎麼奈何得了我！』娃娃說著，刀子就著側門較薄弱的地方開始刺，『只要一下下，我就可以抓到你們了——』

它知道了！毛穎德握著拳，娃娃知道那邊的香灰甚少！刀子刺上紙門傳來詭異的咚，明明是紙糊的聽起來卻像敲在一般的水泥牆上，馮千靜忙不迭由後將張成明拖離側邊，以防娃娃說攻入就攻入。

看向毛穎德，他認真的搖頭，表示只怕撐不了太久，區區一尊彌勒佛，抵擋不了那像是怨魂集合體的娃娃。

那裡面彷彿將所有玩過一人捉迷藏的「鬼」都集中起來了，有忿怒、有悲傷、有不甘願、有恨意，簡直就是可怕的負面情緒集合體。

這令人費解，這明明是自己要玩的不是嗎？

剎——在某個瞬間，刀尖刺入了紙門，傳來娃娃得意的狂笑聲，它使勁將刀子亂捅，刀子果然在紙門上戳出一個大洞來。

藍色水汪汪的大眼倏地出現在洞裡，欣喜若狂的看著他們，『找——到——了——張成明，換你當鬼了！』

唰！紙門外衝進了小小的娃娃，它的力道速度都不同以往蹣跚，眨眼間就衝破了紙門，直抵張成明面前，刀勢順當的刺進了他尖叫著並伸手抵擋的左手掌心——「啊啊啊——」

刀尖刺穿了手掌，從手背穿出，張成明淒厲的慘叫著，連反抗也無，登愣的居然人一軟，暈過去了。

「喂！太誇張了吧！」馮千靜不可思議的看著暈倒的張成明，「是去哪裡找膽子這麼小的人啊，膽子小還要玩！」

她邊吼，一邊把手上的香朝娃娃刺去，直抵它的眼睛，它怒吼的踉蹌，刀子無情的從張成明掌心內拔出，又扯開更大的裂痕！

不知道該不該慶幸張成明昏死了，不至於亂吼亂叫，蹲踞著的馮千靜隻手拉住張成明的衣服把他往後拖滑扔給毛穎德，獨自面對著抹去眼裡香灰的娃娃！它的眼睛蒙塵了，咬牙切齒的瞪著她，這香似乎有些用處？

『為什麼會有妳這種人？』娃娃的整張臉都擰起，忿怒異常，『一再的妨礙我……』

「我不是自願的，只是蔡欣妤把娃娃取了我的名字……不過對你來說沒差吧。」馮千靜看著染血的刀子，心裡有著別的想法。

『我就是要找到馮千靜！』娃娃二話不說朝著她衝來，『妳就是得當鬼——』

「來啊！」馮千靜大喝一聲，千均一髮之際扣住了娃娃的手，娃娃就在她頸畔，只差一吋就要刺進她的頸子，偌大的氣力讓她明白撐不了太久，但是她依然緊咬著牙關，使勁抵住它！

「毛穎德！出去！」她大喝著，娃娃抬頭瞪向了她身後的人。「你不是遊戲中的人！」

毛穎德沒有遲疑，拉開紙門即刻往外奔去，馮千靜抵擋不住娃娃非人的力道，手一鬆開，在瞬間逼娃娃將手勢往旁偏了幾度！

就這麼幾度，讓刀尖從她耳下掠過，給了馮千靜兩秒的時間，重新舉起左手擋在刀子與頸項之間，手裡握著的香接著朝娃娃胸前的刀口裡插進去！

『嘎呀——我的內臟我的內臟！』娃娃驚恐的向後飛去，馮千靜竟將身子挪往前，一把抓住了它的身體，旋身就往神桌上扔去！『馮千靜！』

「不要一直喊我的名字！」她怒吼著！

娃娃被扔上了神桌，蠟燭全數倒去，甚至落上地面，掉上榻榻米瞬間燃燒，這讓馮千靜有點措手不及！怎麼會這樣……她沒想到會燒起來的！

『啊啊——呀啊啊——』娃娃嘶聲吼著，聲音裡有男有女，比剛剛還多，少說是幾十人的陣仗！

「馮千靜！就剩下妳了！」毛穎德人還在五樓，站在鐵門附近喊著，「就剩下妳還沒當鬼！」

什麼？只剩下她……馮千靜低首看著躺在地上的張成明，他的左手在流血，那是被娃娃刺中的——等等，她懂了！

馮千靜立即後退，望著從彌勒佛身上掙扎爬起來的娃娃，它看起來傷得更重了！並非火吻，似乎是因爲彌勒佛的傷害，畢竟她剛剛是直接把它丟在彌勒佛身上，只可惜，還不足以滅了它。

現在娃娃的臉孔已經變了，不再是那無辜的可愛模樣，取而代之的是人般的臉孔……簡單來說，是無數張迷你的、扭曲的人臉，浮現娃娃那兩個巴掌大的臉上，萬頭攢動，哭喊著、嘶叫著。

原來，玩過一人捉迷藏的人還不少哪！

『我一定要殺了妳，然後讓妳痛不欲生！』多重聲音重疊，娃娃往前步行，衣服上有著火星在燃燒。

「眞不會用成語，我都死了，還有什麼痛不欲生可言！」馮千靜向後退，她下了和室，「遊戲該結束了，死娃娃，你就當一輩子的鬼吧！」

下一秒，她旋身往門口奔去，毛穎德朝著她伸長了手。

「後面！」突然間，毛穎德大喝一聲。

馮千靜瞬間止步同時扭腰旋身，向日葵就在眼前，她伸出左手橫在自己胸前，向日葵一刀刺進了她手肘，整個人因爲衝力向後倒去——「啊！」

她重重摔落在地，向日葵手未曾鬆開，刀子幾乎全數穿過了她的手肘，向日葵跟著伏在她手上，猙獰的咧嘴，喜不自勝，『馮千靜，換妳當鬼了，嘻嘻……』

「是啊。」她忽地挑起嘴角，「他媽的總算換我當鬼了！」

咦？向日葵一陣驚愕未明，馮千靜立刻壓住插在手臂裡的刀子，將整隻娃娃拉起往和室的火海扔過去！

『咦——』娃娃大吼著，馮千靜一躍而起，看著才飛進火裡的娃娃再度飛衝過來。

咚——她將刀子從手肘上直接拔起，刹的射出，筆直穿過了娃娃的身子，釘上了神龕。

「毛穎德！把張成明拖出去！」馮千靜揚聲大喊，疾速的衝進和室裡，和室裡的火延燒得迅速，熱浪來襲，而娃娃被釘在木頭上，瘋狂的掙扎吼著，身上的米一直往外掉。

「收到。」毛穎德剛剛就發現了，在娃娃刺穿張成明的那瞬間，張成明就已經當鬼了。

遊戲規則裡是刺進對方，喊對方名字結束，可沒規定刺哪裡啊！

他抵著熱燄伏身將張成明抬上肩往外走，馮千靜使勁的把刀子再插進娃娃的體內一點，然後從裂口處撕開，將紅線微微挑起讓裂口更大，只是一挑開，更多的米全部掉了出來。

『住手！這是我的身體！』她面無表情的拿過旁邊的彌勒佛，換得娃娃驚恐的大吼，『不許妳不能這樣做！』

「爲什麼不能？」她把彌勒佛狠狠的塞進娃娃的身體裡，換得淒厲的慘叫聲。「你內臟都掉光了，幫你換個新的喔！」

那慘叫聲裡，有蔡欣妤的、有林宜臻的、也有陳傳翰的，仔細聽，似乎是無數年輕男女聲音，或許是曾經玩過一個人的捉迷藏的「眾鬼們」。

彌勒佛全數塞入，馮千靜把剛鬆開的紅線給拉緊，從腰間拿起開始因熱而逐漸變形的礦泉水瓶，喝了一大口鹽水，噗的噴在慘叫中的娃娃臉上，再整瓶往它身上倒去。

「遊戲結束了！」她認眞的說著，拿過蠟燭，插進刀插的裂口邊，「這次眞的結束了……咳……咳咳！」

「馮千靜！走了！」毛穎德高喊著，難擋火勢的往外走去，「快點！」

『啊啊……不要！我不是故意的！我不知道玩這個會出事啊！』娃娃用各種不同的聲音哭喊，『找到了，我被找到了，我不想當鬼……換你當鬼……我不想玩了不想玩了。』

馮千靜將瓶子裡剩餘的鹽水往民族風的毛巾倒上，摀住口鼻飛快的轉身奔離，還不忘進去自己的書房，把重要的家當先給拿出來。

五樓是儲藏室，有大量的報章雜誌跟廢物，火勢延燒相當的快速！

回首瞥向和室，向日葵依然被釘在那裡吼叫，淹沒在火海之中。她關上五樓的鐵門，毛穎德就在樓梯外，緊拉著她一起離開；一樓的何家瑢依然未醒，由馮千靜負責將她一肩扛起，強壯得讓毛穎德咋舌。

「走了啊！」馮千靜揹著何家瑢，不懂爲什麼毛穎德站在門口。

「還不行！遊戲還沒結束！」毛穎德扣住她要拉門把的手，「再等等。」

「還沒結束？」馮千靜驚愕的瞪圓雙眸，「怎麼會……」

毛穎德凝重的回首，看著火舌從五樓鐵門縫鑽出來，木梯已經開始在燃燒了，再不快點，整層四樓也會陷入火海當中……但是眼前的木門上依然罩著一層黑色的玻璃結晶體，彷彿在警告他，陰氣未除，他們還在遊戲中。

『啊啊啊——』突然，無數的身影從鐵門縫中鑽出，毛穎德緊張的將馮千靜拉到門邊，戒慎恐懼的瞪著一堆靈體衝來。『結束了……遊戲結束了……』

數不清多少人，男男女女，它們半透明的身影朝著客廳的窗外飛去，毛穎德立即看向木門，門上的黑影已然消失，原本寂靜的世界突然傳來激動的喧嘩，消防車的警笛刺耳的劃破黑夜，門外傳來激動的推擠，還伴隨夏玄允的聲音。

「不可以，你們不能進去！」他聲嘶力竭的吼著，「遊戲沒結束，誰都不可以進這個門！」

「搞什麼，你這小子！裡面失火了，把他拖走！」

「不可以，會出事的——」郭岳洋也在高喊，「那裡面——」

毛穎德拉開了門，外頭被這突然的情況嚇到，倏而鴉雀無聲，門外是一堆消防人員，還有對面的阿姨及鄰人。

「……裡面有這麼多人!?」消防人員驚恐的把他們兩個拖出來，卸下背上的人，「還有人在裡面嗎？」

「沒有了……」毛穎德現在才感受到手的灼傷，「嘶……遊戲結束了。」

「什麼遊戲啊？你們這些大學生……到底在玩什麼？」

毛毯紛紛往身上罩來，他們火速的被送下樓，何家瑢跟張成明被抬上擔架後從樓梯間疾速離開，畢竟他們是身上帶傷的患者，不如她跟毛穎德還能自己走。

夏玄允哭得好傷心，拉著毛穎德說他以爲他們死了，瞧那可愛的模樣，誰說男生哭起來就不惹人疼！

郭岳洋一看到他們出來居然暈過去，不知道該怎麼形容這傢伙。

步出D棟時，滿臉黑污的馮千靜仰頭看著一彎明月，突然有種虛脫的感覺。

「馮千靜！千靜！」何家爸媽衝了過來，「發生什麼事了!?怎麼會這樣……家瑢她……」邊喊著，擔架從他們身邊掠過，「家瑢！」

嘈雜聲從身邊遠去，她有些腳軟，有隻手卻突然扣住她的上臂，撐住了她，抬首，是黑面毛穎德，她失聲笑著。

「畫個月亮，你就是包公了。」

「彼此彼此。」毛穎德看上去也很疲累。

「沒事了嗎？」夏玄允還在那邊一把鼻涕一把眼淚，「都結束了？」

「遊戲結束了。」馮千靜肯定的點頭。

夏玄允突然抹去淚水，有點期待的回首看向大樓，「那個娃娃有沒有幫我留下來？」

「夏玄允！」

第十三章 捉迷藏之後

看著最後一樣傢俱搬上卡車，搬家公司的工人仔細的將繩索固定好，向何先生再次確認後，便將最後一車傢俱載走；馮千靜拉著行李箱、揹著超大背包站在一旁，左手吊掛的三角巾，看著旋身走來的何氏夫妻。

「千靜，眞是不好意思，明明說好要讓妳住的……」何媽媽說著，眼淚大滴大滴的落下，「可是現在、現在……」

「別這樣說，發生這種事誰都無法預料。」馮千靜輕聲回著。

何媽媽掩著嘴轉過頭去，又是情緒失控的低泣。

「唉……」何爸爸上前，看了一下她的東西，「妳的行李就這些？」

「這些就夠了。」原本在何家的東西幾乎付之一炬，這是她從家裡帶來的簡單衣物。

「要住哪裡找到了嗎？我原本也是想讓妳多住一段時日，找到房子再說，但是家瑢的狀況不好，我們急著想要搬到南部去……」何爸爸眉頭深鎖，提起寶貝女兒，也是一陣悲傷。

何家瑢已辦休學，她的狀況不適合繼續正常生活，何氏父母找到了一個空氣好的療養院，安排她住進去，他們也搬到附近，好隨時陪伴女兒。

簡單來說，何家瑢是瘋了。

馮千靜在醫院見過一次，利用手臂複診時特地去找她，但是何家瑢披頭散髮的坐在病床上，四肢都有繩子束縛牽制行動，坐在上頭哼著歌，誰也不認得；偶爾笑著、偶爾大叫，看見馮千靜時突然間抓狂，拼命喊著：「我不要玩、我不要再玩了。」

何媽媽說，有時候她還會用男生的聲音說話，有時會吵著要回家，有時候卻說著聽不懂的語言，父母之心，僅僅期盼她偶爾的正常的時刻，但那時候的何家瑢只會哭著說：「對不起對不起。」

在被附身的時候，是不是有許多破碎的靈魂殘留在她體內？當它們撤離她的身體時，該不會連她原本身體裡的靈魂也帶走了吧？馮千靜只能這樣瞎猜，因爲何家瑢現在像是多重破碎人格的組合體，上次見面時還用流利的日語鬼吼鬼叫。

「不必擔心我，學校說我暫時可以住進上次的臨時宿舍。」馮千靜淺笑著希望他們放心，「你們趕緊去吧！好好陪家瑢。」

何家爸媽點點頭，何媽媽給了她一個擁抱，頹然的往車子走去，不經意往社區樓上看，五樓已經燒毀，四樓雖保住，不過也沒人敢再住了。

「啊，千靜。」何爸爸臨走又停下，「我能不能問妳一個問題？」

馮千靜暗自深吸了一口氣，點點頭，「請問。」

「家瑢她……是不是中邪了？」何爸爸凝重的看著她，「他們是不是玩了什麼不該玩的東西？」

他會這樣說，是因爲何家瑢每晚夢囈，總是會歇斯底里的尖叫著：「我不要玩了！對不起！我不是故意！」

馮千靜沉默了幾秒，終於還是點點頭。何爸爸難受的抽口氣，抹去眼角滲出的淚水，果然如他所料，所有事情都傾向詭異，警方難解，身爲父母的他們也難解啊！

長嘆一聲，何爸爸搖了搖頭，叫她好好保重，最後也上了車。

馮千靜目送著他們遠去，其實遊戲是個起因，但其實造成遊戲殘忍收尾的關鍵，或許是何家瑢他們扔下同伴吧……擔任解救者的他們，卻因爲一時貪看煙火，讓同學葬送了一條命。

這位同學沒打算放過他們，才是遊戲無法結束的主因。

不過這個事實她沒跟警方說，也沒跟何家父母說，情況已經夠糟夠亂了，不必要再多添難以解釋的事讓他們更傷心。

車子已遠，她拖過行李，肚子正餓著，她打算去買個割包豆漿，到學校的花園角落去享受愜意午餐，今天好不容易放晴，太陽暖暖的，是個行光合作用的好時機！

回頭再望一眼才住一個多月的房子，那天五樓全數燒掉了，一開始起火時鄰棟就發現火光立刻報警，只是消防隊從外面竟然砸不破窗子，不得其門而入；另一票人上五樓撬門未果，四樓呢，夏玄允跟郭岳洋扮演非常好的阻擋者。

據說他們什麼招都出了，嚷著說現在開門眞的會死人，問題是誰會信他們的話，最後郭岳洋竟然大喊著裡面在玩碟仙，要是現在闖進去，這裡的人全部都會出事！

這居然比什麼都有用，讓眾人卻步，但是火勢延燒相當迅速，消防隊員還是急著想把他們拉開，這著實拖延了一點點時間，只是她跟毛穎德沒拖太久，及時開了門。

五樓燒毀，四樓燻黑一半，當遊戲結束，消防隊得以破窗破門時，五樓已經陷入火海，還因爲氧氣突然進入而讓火勢更加驚人，除了她及時救出來的東西外，什麼也沒剩下。

所幸她的東西本來就不多，最重要的外接硬碟跟書都救到，其他再買就有。

「老闆，兩個割包瘦肥各半，一杯大杯豆漿！」馮千靜中氣十足的說著，今天又是星期六，沒有什麼學生，不必低調。「帶走！」

「好唷！啊手怎麼了，摔車喔？」老闆親切的問。

馮千靜隨便笑著，說這是被刀刺穿的話，後面還要回答一大堆，還是算了。

刀子沒傷到筋，眞是不幸中的大幸，爲了這個傷她被爸媽罵死了，下個月回去恐怕還得跪上幾小時謝罪，因爲萬一傷及手筋，影響到未來的生涯可就糟了。

可是那種時刻，總是要刺到才算數吧，難不成眞的讓向日葵刺進肚子？胸口？只有手是最方便的嘛，加上向日葵那個速度，她能及時擋下就已經很讚了好不好！

帶著香味四溢的午餐經過商學院，會計系一開學連著損失四個學生，最近又有一些傳聞不逕而走，什麼誰觸犯了禁忌啦、風水不好啦，不然怎麼可能連續出事……馮千靜挑了挑眉，明明都是「人爲」。

陳傳翰跟林宜臻往生、何家瑢瘋了，剩下那位膽小的張成明除了手掌受傷外，神智還算清醒，但就是太清醒了，他眞的住到名廟裡去，把自己關在房間裡，幾乎足不出戶，甚至將窗戶封死，還不許房間裡有浴室。

這也是精神不正常的一種吧！恐懼依舊侵蝕著張成明，遊戲明明結束了，但是在他的世界尚未結束。

「唉……」咬下一大口割包，馮千靜仰望著燦陽，感覺身上暖呼呼的，這是開學以來最暢快的時候了。

什麼捉迷藏、什麼都市傳說、什麼火燒房子這些都可以拋諸腦後，現在這一刻她是幸福的，其他的東西以後再說，反正人還活著嘛，沒什麼做不到的！

「嘿！吃午餐啊！」

過度飛揚愉悅的聲音傳來，引起馮千靜內心一陣驚愕，她直覺的眉頭緊蹙，感覺到陽光被陰霾遮住了！睜開眼睛，站在眼前的果然是那個一臉天真的萌系少年……應該十八歲看起來活像十六歲的傢伙！

「你擋住我的太陽了。」她無起伏的說著。

「噢……太陽……」夏玄允回過身，喔喔，趕緊讓到一邊，「SORRY！」

「怎麼一個人在這裡吃飯？天哪，還有行李箱？」郭岳洋拿著她的行李箱左轉右看，「感覺好孤苦無依喔！何家眞的搬走了喔？」

馮千靜正首，看著圍在她左右吱吱喳喳的男生就嫌煩，眼尾瞧著這才慢條斯理走來的毛穎德，還戴著一副墨鏡，裝什麼帥。

「無家可歸了？」他一見面就指著行李箱笑，「妳是打算睡在校園嗎？」

「你們……假日閒著沒事做可以去打打工，或是打電動，跑到學校來做什麼？」言下之意是可不可以都滾蛋！

「知道我們的社員無處可去，身爲社長我怎麼可以坐視不理！」夏玄允認眞的在她右手邊坐定，「妳找到房子了沒？」

「社員咧……」馮千靜挑了挑眉，「我是幽靈社員不要忘了，我只答應參加你們那個什麼大會！」

「欸，妳這樣很不夠意思啊！妳明明就已經玩過一次都市傳說了，而且這次本社也出力不少吧！」郭岳洋突然義正詞嚴，「過河拆橋也太快了吧？」

「過河拆橋？」馮千靜一口割包差點沒噎著，「喂，社長，同學，被捲進的是我、差點掛掉的也是我、在裡面奮戰跟鬼娃娃搏鬥的也是我吧！」

「但是我們提供了資訊。」夏玄允得意的說著。

馮千靜左看看右瞧瞧，好，的確出這種事第一時間是找他們幫忙，他們也提供不少有效資訊，但是——「你們不覺得我現在可能對都市傳說超反感的嗎？」

只見夏玄允詫異的瞪圓雙眼，長長的睫毛眨呀眨，用一種很不可思議的口吻說著，「怎麼可能，妳不覺得很迷人嗎？」

很——馮千靜下意識握緊飽拳，可以揍嗎？可以揍嗎!?「迷人你個鬼啊！哪裡迷人了!?」

「既神奇又奧妙啊！想想，一個人的捉迷藏怎麼能玩呢？但是它眞的可以玩，而且娃娃還眞的會走，會當鬼出來找躲藏的人哪！」夏玄允好生激動，「當驗證一個傳說時，我們的心情就會無比激動！」

「對！傳說之所以傳說，就在於大家都認爲它只是道聽途說，但當事實發生時，全身血液就會在沸騰！」郭岳洋還握住她拿著割包的手感性的說著，「我已經把一切都做了詳細紀錄，重新放上一個正確版本的玩法，以求大家不要再受害！」

馮千靜做了一個深呼吸，再一個，不這樣她怕自己會手滑給兩個男生各一記直拳！仰頭越過郭岳洋身後，她看著毛穎德，是不會說兩句話嗎？

「別看我，不然妳以爲他們爲什麼會成立都市傳說社！」毛穎德走到她面前，「想想也好，至少他們把正確的玩法放上網路，增加了注意事項，可以降低危險！」

「降低什麼？這種東西本來就不應該驗證好嗎？」馮千靜擰眉。

「那是人自己的決定。」毛穎德聳了聳肩，「一開始就沒人逼何家瑢他們玩不是嗎！」

是啊，雖然最後是這樣的結果，但眞的應了毛穎德說的，完全是自作孽，怨不得別人。

「這裡眞的好舒服喔，難怪小静喜歡這裡！」夏玄允仰頭闔眼幾秒後，也享受到日光溫暖了，「我也來去買個喝的！」

「去去，我要綠茶。」毛穎德直接打發郭岳洋站起，「你陪夏天去！」

「……喔。」郭岳洋被拉站起，很認眞的回首看著他，「你們要講悄悄話喔？」

「什麼悄悄話？」夏玄允秒速回頭，「你們祕密很多耶，那天還把我推出去，就自己在裡面玩！」

「玩你個頭！那裡面多危險你知道嗎？是爲了安全才把你們推出去的！」毛穎德沒好氣的說著，「而且外面也需要聯繫人，最瞭解都市傳說的你們最適合了。」

「哼。」夏玄允都知道，他早就抗議過了，毛毛也是這麼說！

但他就是想玩啊，收集都市傳說，跟「身在」都市傳說裡，是兩碼子事啊！

「快去啦！文學館一樓有販賣機！」毛穎德催促著，他的確有話要說。

夏玄允跟郭岳洋就像兩個長不大的孩子，明明都大學了，還是像高中生那樣孩子氣，兩個人奔跑著往遠處的文學館去，一路嘻嘻哈哈。

「那天你是來不及跑，還是刻意留下來的？」馮千静居然先開口。

「刻意留下來，我一進屋就覺得屋子跟之前不同，鐘聲一響時，整間屋子很明顯的有像黑色玻璃的東西在覆蓋……我形容不來，總之在我推夏天出去時，連門上都被那個玻璃封住了……」毛穎德瞥了她一眼，「好吧，我可能也是來不及跑。」

「哼。」她輕哂，「無所謂，我還是要謝謝你幫了大忙。」

「也是自保，不必謝。」他很老實，事實上在那種狀況下，就算他沒有玩遊戲，他不覺得娃娃會放過他。「說點正經的，我昨天去找張成明了。」

咦！馮千靜嚇了一跳，「你去找？這其實不太關你的事耶！」

「我好奇他爲什麼會嚇成那樣。」毛穎德挑著嘴角、饒富興味的說著，「我去廟裡時才知道，他的遊戲眞的還沒結束……」

「什麼意思？」馮千靜反而背脊一僵，還沒結束？有完沒完！

「我是說對於他而言，他常動不動就聽見鈴鐺聲、滴水聲，還有娃娃走路的聲音，最重要的……是哭聲。」毛穎德意有所指的看著馮千靜，她啊的一聲，難道是——

「對，蔡欣妤她們還在。」

「我的天哪！不是有超渡什麼的嗎？我記得都做過法會，蔡爸爸因爲這件事情撤告了不是？遺體也火化了……」畢竟被告的幾個學生死的死瘋的瘋，蔡欣妤的父母也不知道該告些什麼了。

「有怨沒消吧，遊戲結束了，蔡欣妤還是不甘心，最妙的是林宜臻跟陳傳翰都在，他們進不了廟，全卡在他封起來的窗戶外面窩著。」毛穎德搖了搖頭，「我只看到模糊的影子在哭泣在呼喚，但是應該是他們沒錯。」

「太執著了，又不是故意的……因為這樣子不走，好像也太不明智了。」馮千靜覺得很無奈，「為了一個都市傳說搞到這樣，值得嗎？」

「他們丟了寶貴青春的生命，值不值就是見人見智了。」毛穎德挑高了眉，他照樣是不以為然。「啊，我話說在前頭，妳的事我絕對保密，三緘其口。」

馮千靜狐疑的瞅著他，「我也是啊，絕不漏口風——而且你那三腳貓的言靈有三小路用！二十四小時只能用一次！還只能用在日常生活！」

「喂，救、了、妳、一、命！」這女人真不知感恩咧！

「我很感謝……只是不能練一下嗎？你這就跟雷神索爾只能打一次雷、鋼鐵人只能飛兩秒鐘是一樣的道理啊！」馮千靜很認真的建議，「修練，還是什麼練習的……」

「我並不想，基本上我連感應都不想要有，我練這個做什麼！」毛穎德越過她往遠處看，「他們回來了，話題結束……噢，對，我真的沒有說！」

「嗄？」為什麼一再強調這件事？

兩個男孩愉悅的奔回，手上抱著販賣機的飲料，毛穎德是無糖綠茶，夏玄允他們依然是兩瓶可樂，然後他們倆照樣硬坐在馮千靜的兩側，毛穎德默默移到旁邊去。

「欸，小靜，我們住的那個地方有多一間房間記得嗎？妳只要付一個月三千就好，包水電。」夏玄允終於開口了，「打掃跟垃圾這些都輪流，怎麼樣？」

咦！馮千靜愣住了，他們住的……對，那裡挺豪華的四房兩廳三衛，的確多一間——「跟你們住在一起？」

她蹙眉掃視了三個男生一圈，同一層全是男生耶！

「對呀，反正屋子空著也是空著，我們又同社，照顧社員是社長的責任！」夏玄允邊說還邊拍拍胸脯，說得煞有其事。

「不要再跟我提社團的事，現在誰跟我再提都市傳說我跟誰翻臉！」馮千靜厲聲警告著，講到就一肚子火，她的手、她的行動不便、馬的還燒掉她原本住的好好的宿舍跟家當！

「別這樣嘛，妳是我們最優秀的社員耶，甫入社就帶我們經歷了都市傳說，還直接驗證，根本該頒ＶＩＰ獎章給妳！」郭岳洋還豎起大姆指，「房子是夏天他們家的，才收妳三千包水電網路瓦斯，妳去哪裡找環境這麼好的地方啦！」

三千……天哪三千好誘人，而且房子很大，客廳舒適，廚房也不小，每個人的房間也有一定的寬敞跟隱私度——但是，她就是不覺得再跟這些「都市傳說社」的人牽扯在一起會有什麼好事。

「妳應該不會擔心跟男生住在一起吧？」夏玄允忽然笑了起來，「照理說該害怕的是我們吧！」

「哈哈哈哈！」郭岳洋進而大笑，笑得讓馮千靜覺得很不對勁。

她把未吃完的割包收一收，決定還是自己去找房子比較妥當，雖然三千便宜到爆炸，但是如果跟「都市傳說收集者」住在一起，天曉得還會不會發生比這次更離譜的事！

「小靜！妳要去哪裡？真的不考慮嗎？」夏玄允趕緊拉住她。

「不要叫我小靜！誰允許你叫我小靜了，我叫馮千靜！」她氣急敗壞的甩開他的手，「別一天到晚叫我——」

剎，郭岳洋突然攤開一本雜誌，直接晾在馮千靜面前！

唉，毛穎德低下頭，他真的沒有說。

那是跨頁全彩照片，照片裡是一個穿著鮮紅色運動內衣的女孩，身材相當健美，紮著俐落的馬尾，有張精緻漂亮的臉龐，她雙手握拳彎曲，正狠狠踢出一腳，對手的臉直接被擊中，頭向旁倒去露出痛苦的表情！

上頭用著白框紅字寫著：「面對危險是我的專長，我絕不逃避！」下面用藍字寫著震撼字體：「女子格鬥冠軍　小靜」

啊啊啊——啊啊啊啊——馮千靜在心裡發出無限的尖叫，絕對比她那晚在捉迷藏遊戲中喊得還多！她一雙眼珠子都快瞪出來了，電光石火間立刻轉向左手邊遠處的毛穎德！

「我眞的沒說！」他趕緊出聲，「是妳自己被認出來了！」

「噢噢噢，眞的是耶！超帥的！」郭岳洋欣喜若狂的看向夏玄允，「夏天，我就說我聽過那句話吧！就是她就是她！」

夏玄允笑開了顏，拉住馮千靜的手，「妳故意弄得這樣邋遢不起眼是爲了低調對吧？我們懂，要不然像妳這麼正的選手一定立刻就被認出來了！」

「我看過妳所有的比賽，妳眞的太威了！毛穎德說妳那天還有用卍字固定法耶！」郭岳洋的崇拜宛如滔滔江水、綿延不絕，「我們社內居然有這麼厲害的強手！」

啊啊！馮千靜倏地想搶下雜誌，但夏玄允卻一收，硬是不讓她拿到，「喂！

拿過來！」

「看看就是這眼神，眼鏡遮不了的啦，小靜。」夏玄允揚揚雜誌，「妳覺得把這個貼在外語學院公佈欄怎麼樣？」

什麼？馮千靜腦袋一片空白，這個看起來天眞爛漫的傢伙在說什麼？他在威脅她？

「不要這樣，小靜就是要低調！」郭岳洋趕緊上前，很沒誠意的阻止，「你這樣做她立刻就紅了，到哪裡大家都盯著她咧！」

「可是如果不能獨佔這麼好的社員跟室友，那我會很傷心的！一傷心我就會失控……」夏玄允眼睛都瞇起來了，依然一臉人畜無害，「還是小靜願意跟我們住在一起呢？」

可……惡……啊……夏玄允那張無邪的臉蛋根本是騙子吧！竟然可以用這種表情威脅人！

「小靜沒問題的啦，去哪裡找這麼會互相照顧、又有共同興趣的室友！」郭岳洋還上前直接拖過她的行李箱了，「更別說月租三千、三千而已喔！」

馮千靜現在就想勒住夏玄允的頸子，直接扭斷算了！「你們這群無賴！」

「別生氣嘛，也是爲妳好啊，難得有便宜的空房，幹嘛這麼堅持？」夏玄允把雜誌好整以暇的收進包包裡，踏著輕快的腳步跟上郭岳洋，「快走吧，帶妳去放行李，然後我們去吃大餐，慶祝增加新室友！」

馮千靜站在原地，覺得陽光消失了，爲什麼陰風颯颯吹過，幾片落葉還剛好在面前捲動，象徵她的心情？

「我眞的沒講，他們拿著雜誌給我看時我都傻了。」毛穎德拿起她放在旁邊的背包，「妳錯估的是，郭岳洋原本就是格鬥競技迷。」

馮千靜幽幽的轉過頭來，毛穎德有種她全身都快燒起來的錯覺。

「我眞想殺人。」她雙拳緊握，邁開步伐。「那傢伙居然可以笑著威脅我？那張臉根本是騙人用的吧？」

「嗯……一直都是。」毛穎德聳肩表示無奈，「不過妳眞的不想住還是明說吧，別讓他們兩個耍著玩。」

「我明講他們就不會貼海報嗎？」她斜眼瞪著他問，毛穎德一秒搖頭。

「靠！」

「眞的這麼不想跟我們住？」

馮千靜抬頭看著他，肩膀微微放鬆，「其實是沒什麼不好，房租很划算，我也不怕你們亂來……但就是被這樣威脅很不爽。」

「他們現在完全把妳當自己人，夏天沒有惡意的。」毛穎德溫和的說，「身爲朋友、社長，他就覺得應該讓妳住進來。」

「哼，你還眞瞭解他啊！」馮千靜冷哼一聲，「交往多久了啊？」

交——毛穎德瞪圓了眼，「什麼交往！」

「嘖！」馮千靜挑了挑眉，不是嗎？氛圍很像啊，冷酷帥氣的毛穎德，配上天眞萌系動不動就往他身邊躲的夏玄允，絕配咧！

遠遠的夏玄允突然又奔回，馮千靜一看見他即刻扳起臉孔，不客氣的瞪著他。

「忘了給禮物了。」他喘著氣從包包裡拿出一個緞帶盒子，雙手遞給馮千靜，「這是鑰匙。」

馮千靜睨著那盒子，思忖了幾秒，「先說好，我如果住不慣，還是會搬出去……你可不能再威脅我。」

「住不慣是……」夏玄允一臉受傷的模樣。

「雖是一人一間房，但四個人還是有共同空間，你們又都是男生，我一旦不自在，我還是會去找房子。」馮千靜認眞的看著夏玄允跟郭岳洋，「總不會強迫我住不習慣還繼續住吧？」

夏玄允低著頭，還是一臉失望的思考著，又跟郭岳洋交頭接耳幾句，最後還是點點頭。

「是我們考慮得不週到，抱歉。」夏玄允伸直了手，「鑰匙還是先給妳，有什麼習慣需要大家磨合的話，我們等等吃飯時也可以來討論。」

馮千靜終於泛出淡淡的笑容，接過了盒子，「不管怎樣先謝謝了。」

「打開打開。」郭岳洋興奮的說著，「這是我們特別訂做的，給新室友的禮物！」

訂做？不過就是鑰匙有什麼好訂做的？馮千靜打開盒子，裡面就是三把鑰匙、一個小感應器，全繫在一個鑰匙圈上。

她狐疑的拎起鑰匙圈，果然很特別，因爲她完全看不出來是什麼。

「這鑰匙圈……」她用手掐了掐，軟軟的，是黑紅色的皮革，詭異的形狀，底還是平的，「是什麼東西？」

「看不出來嗎？」夏玄允有點失望，「拿遠一點看，像什麼？」

毛穎德已經別過了頭，悄悄距離馮千靜三大步。

「像……」馮千靜一怔，「鞋子？」

小小的鞋子，只有她掌心的一半，看起來原本是深紅色的皮革，染上黑只怕是大火的燻烤，腳踝處已斷，經過細針功縫妥，再接上鑰匙圈環。

「對！果然厲害！」郭岳洋用力擊掌，「這是那個娃娃唯一的殘骸，我們好不容易才要到的，它就燒到只剩鞋子了，這是最棒的紀念物！」

「那個……娃娃？」馮千靜一字一字的喃喃唸著……向日葵的鞋子!?

「對啊！」眼前兩個男孩同時用發光的眼神看著她，「妳的第一次都市傳說體驗紀念物！」

紀念……馮千靜用力把鑰匙圈握在掌心裡，掐得青筋暴露，雙眼睒出一絲殺氣，讓兩個男大生的笑容稍稍僵硬。

「小、小靜？」

「我殺了你們——有種不要跑！卍字固定法是吧，都給我站住！」

後記

哈囉，大家好，先提醒您這是後記喔，請您先看完故事才來看我吧！

「都市傳說」一直是大家好奇又覺得詭異的事物，說它是靈異事件又不像、說是怪談或許比較類似，總是在都市裡發生的詭譎事件，甚至不一定有原因、也不一定有結果，但一定會流傳開來。

以前覺得「都市傳說」其實比鬼故事可怕很多，爲什麼呢？因爲阿飄先生小姐們的事件總有起頭，無非是不甘、執念、報復、被害之類的，有因果可循，我們還能抬頭挺胸的說句：「平生不做虧心事，夜半不怕鬼敲門！」

但「都市傳說」就不同了！這些「都市傳說」們遊盪在城市間，沒有一定的準則，它隨時會出現就代表任何人都有可能會遇到，而且隨機挑人、能傳出來的都是活下來的，但消失的卻不知有凡幾。

不過有趣的點在於，傳說終歸是傳說，有人會認爲「都市傳說」多是穿鑿附會、有人在網路上編造出來的故事……但在這之中，偏偏有人膽大的做了試驗，卻還眞的會發生詭異的情境。

我們先拿本書的「一個人的捉迷藏」來說，這也是近代日本流傳出來的「都市傳說」，有人覺得有趣詭異，就大膽嘗試，原本也是認爲無稽之談，但是當發現電視畫面出現雜訊扭曲、地上堆疊的CD莫名其妙被撞倒、地上的報紙移位，還有濕漉漉的腳印後……也就不敢如此鐵齒了。

這兩個月有個很有名的是「你是誰」都市傳說，日本也有拍攝短片，雖然經過後製，但娛樂效果倒也不少；每天對著鏡子問自己「你是誰」十次，聽說連續三十天後會出現異象……

但這時也出現了醫生的說法，這個現象其實是「格式塔崩壞」，簡單來說，就是當某人持續注視一個常看到的文字幾十秒之後（或者是短時間內不停重複看到那個字），會突然覺得那個字變得陌生，那個文字會變得不像字，反而覺得是由一堆線條所組成的。而這個現象並不限於文字，對人事物都會感到失去現實感，便是因爲「神經疲勞」抑制大腦活動等狀況，導致短暫的失憶或失能，是有醫理可循的！

重點是，不管都市傳說的眞實性，其實就跟我們流傳已久的「碟仙」一樣，眞的不要輕易去嘗試，世界玄怪之事無奇不有，沒有人能保證絕對都是不存在的，對萬事心懷敬意才是眞實。

因此，我們便以輕鬆的角度來看故事吧，跟著角色們一起在「都市傳說」中探險就好，可千萬不要以身試膽喔！

這次故事的角色活躍度都相當高，背景是設定在架空的城市與國度，相信不管在任何地方任何國度都有都市傳說的嘛！我很喜歡這次的女主角，有大隱隱於市的感覺。

最後，感謝購買此書的您，購書眞的是對作者最大的支持與動力，萬分感激。

※十一月一號下午時分，將與您相約「捉迷藏趴踢」，揭開下一個都市傳說的簾幕，詳情請密切注意粉絲專頁唷！※

笭菁2014.9.5

境外之城 045

都市傳說1：一個人的捉迷藏

作　　者／笭菁
企劃選書人／張世國
責任編輯／張世國
業務經理／李振東
業務企劃／虞子嫺
行銷企劃／周丹蘋
總　編　輯／楊秀眞
發　行　人／何飛鵬
法律顧問／台英國際商務法律事務所　羅明通律師
出版／奇幻基地出版
城邦文化事業股份有限公司
台北市南港區昆陽街16號4樓
電話：(02)25007008　傳眞：(02)25027676
網址：www.ffoundation.com.tw
e-mail：ffoundation@cite.com.tw
發行／英屬蓋曼群島商家庭傳媒股份有限公司城邦分公司
台北市南港區昆陽街16號8樓
書虫客服服務專線：(02)25007718・(02)25007719
24小時傳眞服務：(02)25170999・(02)25001991
服務時間：週一至週五09:30-12:00・13:30-17:00
郵撥帳號：19863813　戶名：書虫股份有限公司
讀者服務信箱 E-mail：service@readingclub.com.tw
歡迎光臨城邦讀書花園　網址：www.cite.com.tw
香港發行所／城邦（香港）出版集團有限公司
香港灣仔駱克道 193 號東超商業中心 1 樓
電話：(852) 2508-6231 傳眞：(852) 2578-9337
e-mail : hkcite@biznetvigator.com
馬新發行所／城邦（馬新）出版集團
【Cite(M)Sdn. Bhd.】
41, Jalan Radin Anum, Bandar Baru Sri Petaling,
57000 Kuala Lumpur, Malaysia.
電話：(603) 90578822　傳眞：(603) 90576622
E-mail:cite@cite.com.my

封面內頁插畫／AFu
封面設計／邱弟工作室
排　　版／浩瀚電腦排版股份有限公司
印　　刷／高典印刷有限公司
■2014年（民103）9月30日初版一刷
■2024年（民113）5月3日初版23.5刷

售價／250元

國家圖書館出版品預行編目資料

都市傳說1：一個人的捉迷藏／笭菁著, -初版-台北市：奇幻基地出版；家庭傳媒城邦分公司發行；2014.10（民104.10）
面：公分. -（境外之城：45）

ISBN 978-986-5880-78-1（平裝）

857.7　　103016359

ISBN　978-986-5880-78-1
Printed in Taiwan.

廣　告　回　函
北區郵政管理登記證
台北廣字第000791號
郵資已付，免貼郵票

104台北市民生東路二段141號11樓

英屬蓋曼群島商家庭傳媒股份有限公司城邦分公司 收

請沿虛線對摺，謝謝

奇幻基地

每個人都有一本奇幻文學的啓蒙書

奇幻基地官網：http://www.ffoundation.com.tw
奇幻基地粉絲團：http://www.facebook.com/ffoundation

書號：1HO045　　書名：都市傳說1：一個人的捉迷藏

奇幻戰隊好讀有禮集點贈獎活動

活動期間，購買奇幻基地作品，剪下封底折口的點數券，集到一定數量，寄回本公司，即可依點數多寡兌換獎品。

點數兌換獎品說明：

5點 **奇幻戰隊好書袋一個**

10點 **2012年布蘭登‧山德森來台紀念T恤一件**
有S&M兩種尺寸，偏大，由奇幻基地自行判斷出貨

15點 **【蕭青陽獨家設計】典藏限量精繡帆布書袋**
紅線或銀灰線繡於書袋上，顏色隨機出貨

兌換辦法：

2014年2月～2015年1月奇幻基地出版之作品中，剪下回函卡頁上之點數，集滿規定之點數，貼在右邊集點處，即可寄回兌換贈品。

【活動日期】：即日起至2015年1月31日

【兌換日期】：即日起至2015年3月31日（郵戳為憑）

其他說明：

＊請以正楷寫明收件人真實姓名、地址、電話與email，以便聯繫。若因字跡潦草，導致無法聯繫，視同棄權

＊兌換之贈品數量有限，若贈送完畢，將不另行通知，直接以其他等值商品代之

＊本活動限臺澎金馬地區讀者

【集點處】

1	6	11
2	7	12
3	8	13
4	9	14
5	10	15

（點數與回函卡皆影印無效）

個人資料：

姓名：________________　性別：□男 □女

地址：________________

電話：________________　email：________________

想對奇幻基地說的話：________________

____

請剪下右側點數，貼於背面的集點處，集滿5點以上，即可寄回兌換抽獎

1